侠义三千年

吴向京 暴昱东 著

北京大学出版社
PEKING UNIVERSITY PRESS

图书在版编目(CIP)数据

侠义三千年 / 吴向京，暴昱东著. — 北京：北京大学出版社，2021.6
ISBN 978-7-301-32032-7

Ⅰ. ①侠… Ⅱ. ①吴… ②暴… Ⅲ. ①侠义小说 – 小说研究 – 中国 Ⅳ. ① I207.4

中国版本图书馆 CIP 数据核字 (2021) 第 036228 号

书　　　名	侠义三千年
	XIAYI SANQIAN NIAN
著作责任者	吴向京，暴昱东著
责 任 编 辑	李书雅
标 准 书 号	ISBN 978-7-301-32032-7
出 版 发 行	北京大学出版社
地　　　址	北京市海淀区成府路205号　100871
网　　　址	http://www.pup.cn　新浪微博：@北京大学出版社 @培文图书
电 子 信 箱	pkupw@qq.com
电　　　话	邮购部010-62752015　发行部010-62750672　编辑部010-62750883
印 刷 者	天津光之彩印刷有限公司
经 销 者	新华书店
	889毫米×1194毫米　32开本　8.25印张　165千字
	2021年6月第1版　2021年6月第1次印刷
定　　　价	55.00元

未经许可，不得以任何方式复制或抄袭本书之部分或全部内容。
版权所有，侵权必究
举报电话：010-62752024　电子信箱：fd@pup.pku.edu.cn
图书如有印装质量问题，请与出版部联系，电话：010-62756370

序

我大概是在2018年年底认识了吴向京先生。通过读向京的书和几次接触，让我感觉他有工科的缜密严谨，更有基于实践的、广泛的联想式阅读和深度思考。我们见面次数并不多，但每次都聊得意犹未尽，聊什么都能在相当的层面接得住、有共鸣。于是我邀请他到北大中文系来给我的学生讲讲"侠义"这个话题。他工作的繁忙程度确实非同一般，半天的讲座只有临场前半天做准备，但内容的广度、立意的高度和效果却确出乎我们的意料。同时囿于他的身份，"侠义"这个话题还是有些禁忌，他在螺蛳壳里做道场还要做得生动、客观而得体，委实不容易。他在讲座的基础上写的这本书，小巧精致、逻辑清晰、脉络分明，尽管观点与我的并不完全一致，但读来却有意味和启发。

他把书分为上、下两篇，上篇"说理"——侠义之理，下篇"说史"——侠义之史，简洁而明快。开篇他用捕豹猎人的话，解了自己学阳明心学之惑为引子，引出"义"这个概念和话题，因"义"出了状况而引出"侠"，是有"侠义""侠客"，生动有趣又有起伏，这个"理"说得合情合理，虽其所谓"真理性"还值得商榷，但却能够流畅自洽，让人不得不佩服他行文的"狡黠"。而"说史"篇自先秦到民国，给每个时代归纳出一个特色、一个题目，把三千年侠义史凝练概括出来，虽然史实与文学交替呈现，却也能够自成体系，读来让人不忍释卷。更可贵的是，他在叙说侠义与青春、侠义与领导力、侠义与中国文化的根和魂，以及侠义与当今世界的问题等话题时，信手而作的阐发令人深思。

我认为，侠义源自"仁"，"仁"是人与人之间的尊重与重视。侠义、侠客既是历史也是文化，亦是现实。比如，我曾经讲过，革命传统和文化传统是一脉相承的，它不是破坏古代传统，恰恰是恢复古代优秀的传统文化。旧社会为什么不好？为什么被人家欺负？为什么被人家打了上百年？就是因为传统文化崩溃了。共产党来了干什么？共产党是来恢复人性、恢复传统文化的。在老百姓眼里，共产党是什么？就是一支侠客队伍。"仁"做指导，"侠"为行动，这个社会光有仁不够，还需要侠，侠就是把这个人性发挥出来付诸行动。光有侠也是不行的，如果没有仁做指导，这个侠会走上歪路。如今我们号召弘扬传统文化，但是我们一说传统文化就是儒家、道家、法家、佛家，好像没有人愿意提"侠"这个事儿，其实"侠"是传统文化中非常重要的一部分。一个国家乃至当今这个世界，必须有仁有侠，不能偏废，"仁""侠"兼备，国家就强大了。我这些年为什么重点讲"侠"呢？就是因为"仁"，别的学者都在讲，政府也在讲。仁是大家都需要、"朝野"都需要的，这是各界共识，而"侠"讲的人太少了，所以我要多讲"侠"，我认为我们缺少"侠"，缺少英勇的人去实践它，有没有不怕损害个人利益的人去实践它也是一个大问题。

有仁有侠才是人生成功。什么叫"人生成功"呢？如今的所谓"成功学"把人害苦了。那种成功人士的宣传，客观上的效果是大多数人认为自己的人生不成功。因为他宣传这种成功人士的目的是让你认识到自己是一个失败的人，进而就会去买他们的产品。所以那是一个假成功。更不要说儒家、道家都不太主张成功的。真正的成功是自我充实。什么叫"自我充实"？不是你有多少钱，不是你有多高的位置，古往今来达官显贵数不胜数，很少有留下名字的。什么人能够留下名字？都是给别人带来好处的人。或者写了不朽篇章为世人传颂，或者发明创造泽被子孙，或者纵横捭阖建立丰功伟绩，推动了社会进步……这样的人才能留下名字。个人如此，国家也是如此。我们应该学会"自掌正义"，正义本来在我们心中，只有我们心中有了仁和侠，我们自己才能成为一个高境界的人，国家也才能成为一个高境界的国家。

孔庆东

2020年12月

自序

这本书来自2019年11月27日,北京大学中文系的一次讲座。北大中文系孔庆东教授的弟子、本书合著者暴昱东老师在我单位挂职期间介绍我认识了孔教授。2018年我在中信出版社出了一本书《水平,悟水浒中的领导力》,得到孔教授认可,并且他欣然向读者推荐。我和孔教授都喜欢武侠小说,闲谈之间也由《水浒传》而至武侠,聊得甚是投机。2019年9月5日,北大那个学期开学的前一天,孔教授提出让我抽时间去给他的学生们搞一次关于"侠义"的讲座,题目和内容随意。北大中文系的讲台不是那么容易上的,我觉得他可能也就是客气客气,就随口答应了。9月中旬我突然接到中组部一个课题研究任务,带课题组在山中封闭两周。9月25日晚上孔教授竟然带着朋友去探班,并重提了邀请,这让我有点意外和感动,我们临时敲定讲座题目为"中国式侠义"。9月29日我的研究任务结束当天,孔教授的助理又来电要提纲,我就写了张提纲,拍照后发给了他，他们照此去做海报，并约定11月27日开讲，我原也是打算按这张纸上列的十几行字讲这半天的。

但是11月26日我又临时把讲座题目改成了"中国侠义文化的演变"，为什么又变了呢？因为当天上午接到朋友的一个电话，自己突然有点心虚了。我近年也爱翻翻木心的作品，有点受他的影响：不管社会和大咖们怎么定位和定义一样东西，我自按自己的理解来说我的、写我的、下我的定义——"中国式侠义"就是这个调调。朋友打那个电话，首先祝贺我到北大开讲，作为一个学热力专业、检修工出身的企业中层干部，到北大中文系搞讲座，确乎有点不那么容易；其次就是警告：这是北大最大的一间教室，北大学生有敢于质疑和斗争的传统，即便是有点名气的文化人也曾被哄下这个讲台，所以一要认真准备，二不能信口开河。他的话让我心中一凛，我中午没顾上吃饭，重新捋了捋、端正了一下态度，把题目改成了"中国侠义文化的演变"，然后做了六张PPT。讲座还算成功。但这个讲座不太可能有机会讲二次、三次，前后张罗这件事的暴昱东老师和孔教授的几位弟子觉得有点可惜，就动员我把它扩成一本书，他们告诉我说，其实市面上真缺侠义方面的著作。同时，我也有朋友听过那次讲座录音或看过讲座整理稿，并感慨"侠义"的稀缺和对于每个时代的重要性。而自2019年11月底那次讲座后不久，这个世界发生了很多事，也让我突然觉得还真有必要讲讲侠义了。

中国古典小说中,《水浒传》和《金瓶梅》是关于侠义的两个极端。说《水浒传》跟侠义密切相关,相信人们能够认同,孔教授也正是因为我写的那本跟《水浒传》相关的书而约我做这个讲座,而要说《金瓶梅》跟侠义也有莫大的关系,估计大家就认为这是瞎扯了。《金瓶梅》跟侠义有什么关系呢?不知大家发现没有,《水浒传》算是侠义思想和故事最多的古典小说,充满了以侠义对抗暴虐和凉薄的抗争。而《金瓶梅》恰恰相反,侠义最少而世故最多、凉薄最多,粉色迷蒙的繁华中,没有忠和义、戒与惧,驱动人们行为的,只有赤裸裸的利益和欲望,人与人之间的关系,只有利用和被利用、欺骗和被欺骗、欲望的无休止升级,兴旺背后的悲凉,超过了《水浒传》刀光剑影的黑恶江湖。从侠义的角度去看,这也就是不讲侠义之极。问题是,以利益、利润、享乐主导,最不讲侠义的繁华世界,竟然是数百年间,人们孜孜以求的所谓盛世、乐土。按这个逻辑,那人们活着不就是为了遭遇和享受这样的兴旺和悲凉吗?这就不得不令人们反思了!而刚刚过去的这半年,在这世界上,国与国、人与人之间发生了很多事情,某些国家逆全球化,孤立主义、以邻为壑,为了自己,罔顾道义和责任突然盛行,这不正是《金瓶梅》所描写的世情在今日、在全球的再现吗?不正是不讲侠义之极吗?有感于此,虽然这个话题有点敏感,但值得我担点风险、费点功夫来讲讲,特别是对世界讲讲中国式侠义。于是我在讲座整理稿基础上做了丰富完善并由暴昱东老师补充了部分内容，遂成此书。

吴向京

庚子端午于蟒山

目录

iii 序
vii 自序

001 启　捕豹者说与心学

上篇　试说侠与义

009 第一　义到底是什么
017 第二　以礼致义的结局
027 第三　以法致义的问题
035 第四　以侠伸义，是有"侠义"
037 第五　中国侠客五特征
045 第六　西方也有"侠客"
057 第七　试说中国式侠义
065 第八　侠客与刺客的异同
071 第九　有侠有义有青春

下篇　侠义三千年

- 083　第十　　　侠之尊者，公平正义
- 099　第十一　　侠之大者，为国为民
- 113　第十二　　侠之仙者，诗酒人生
- 125　第十三　　侠之儒者，剑胆琴心
- 145　第十四　　侠之神者，思想巨匠
- 159　第十五　　侠之气者，恩怨江湖
- 183　第十六　　侠之归者，投靠朝廷
- 195　第十七　　侠至情者，名利可抛
- 215　第十八　　侠之玄者，葵花宝典
- 225　第十九　　侠之复兴，救亡启蒙
- 233　第二十　　文化永流传，侠义永远在

247　主要参考书目/文献

启　捕豹者说与心学

心学之惑

这些年阳明心学很热，我也不能免俗，一直关注着，读了些相关著作，比如《传习录》《王阳明大传：知行合一的心学智慧》《晚明大变局》以及相关人等讲王阳明及其思想的著作和文章。但是，自我评价，我始终处于"入脑不入心"的半吊子状态——也就是说感觉好像读懂了，但是始终没有入心，没有发自内心的共鸣和认同，有两三年的时间一直处于这种状态。简单介绍一下我对阳明心学的浅薄理解：

王阳明学说的提出有具体的历史背景。孔子等先贤对于为人做事的论述和标准，到明初已经众说纷纭、蔚为大观。朱元璋钦定以朱熹《四书集注》等的解释为准——科举考试以至于日常著述，都要围绕它来阐发，不能够自己想怎么写就怎么写，想怎么说就怎么说。

王阳明就是生在那样一个时代。王阳明虽然是个会背题、善考试的学霸，但骨子里不是听话的"乖孩子"，而是个思想和行为不受拘束的、具有侠客气质的人，他虽然最终是按照规定动作背了朱子的理论、通过了科举考试，但他不仅是个爱问问题的"问题孩子"，还是个实践派，不是拿到文凭、忘掉那些令自己不爽的教条就算了，而是真去实践。他按照朱子的理论，比如"格物——致知"，去"格"竹子，也就是盯着竹子冥思苦想，期望弄懂关于它的普遍道理。但是一星期的"格竹"差点让他得了神经病"死"掉，却发现不能"致知"，于是他产生了怀疑、有了自己的新学说：阳明心学。我看今天说心学的人，往往忽略了一个基本的前提，那就是：王阳明是真心向往圣人，想在实践中成为或接近于"圣人"，而不是找到所谓成功的终南捷径。有了这个前提，那么用五个词大致可以把他的学说概括起来：

第一个词："心即理"。"心即理"是王阳明学说的基石和出发点，一层意思是指"心外无理""心外无事"，强调要达到圣人认识客观世界的水平，不是通过"格物"来认知和理解世界的本质，而是要通过主观的"心"，离开心谈物和理没有意义；另一层延展开去的意思是，朝廷和读书人都去阐释圣人的圣言和圣教，搞出那么多具体的行为规范、道德口号、文字堆积是不对的，只要设身处地去理解圣人的初心，按初心规范自己的行为就可以了。

第二个词:"**吾性自足**"。"吾心自足"或者叫"吾性自足",是什么意思呢?王阳明认为,人的本心为天所赋,天赋人性纯粹至善、完美无缺,普通人内心都有成为圣人的基本条件,发掘好自己、修炼好自己,就可以做到不用对外去格物致知,甚至也不必去背诵和模仿圣人的圣教、圣言。

第三个词:"**良知**"。"吾性自足"里面这些个性——本性、天性,里面有最基础的东西,那就是良心,也就是良知,王阳明认为良知人人都有,并且个个自足,是人天生就有的潜在灵性或力量,有心成为圣人那样的人,焕发你内在的良知就够了。

如果说前面三个词算王阳明的认识论或基本假设,那后面两个词就算是他的实践论了。

第四个词:"**致良知**"。在现实生活中良知需要展开,由内到外推广到事事物物,这就是致良知,"致"有推而广之、推而及之的意思。

第五个词:"**知行合一**"。致良知的方法论就是知行合一。"知"是知善知恶的意思,知善知恶并致善去恶,需要在实践中、在人生经历的每一件具体事上去磨砺,而不是坐而论道。

我对以上这几个概念应该说明白了,但是我并不太认同。因为我对于"吾性自足"和"良知"这两个词持有怀疑态度,人一定有良知吗?一定自足吗?是这样吗?说到底我还是对人性缺乏足够信心。

捕豹者说

直到去年我跟一个朋友聊《水浒传》、聊武松，他给我讲了一个见闻，打动了我的心，让我觉得阳明心学或可自圆其说。我们几个人坐火车去河南安阳，路上闲聊，聊到武松打虎的可能性，多数人表示这就是个小说，臆造的成分居多。结果一位同事却说这是可能的，因为他亲自拜访过河南的一位捕豹老英雄，四十岁以上的读者应该会记得当年有这么个人物、这么个新闻。这位英雄年轻时身体棒、功夫强，一辈子抓住过数以百计的金钱豹。我这个朋友说，他亲自拜访并请教过这位猎人，猎人跟他讲其实抓豹子是有窍门的，只要掌握了也不是那么难抓，它就是一只大猫而已。窍门是什么呢？在长期跟豹子打交道的过程中，猎人发现豹子有它的内心世界，掌握了就不难对付它了。猎人每次都把一只羊拴在那里，豹子如果把这个羊给咬死了、吃了，你这时候去抓它，它反抗不激烈，因为猎人感觉出豹子自己觉得理亏、侵犯了人的地盘、偷了人的东西，亏欠了你，豹子也有羞耻之心，你去收拾它的时候它有愧疚感，反抗就不激烈、就容易对付。反过来，如果羊还没事，豹子还没得手，千万别靠近，它会全力跟你斗，胜负就不好说了。

我这位朋友向来诚实可靠，干了半辈子人事工作，我判断他叙述的真实性基本可以保证。他的这番话突然启发了我对阳明心学的感悟：豹子也有本心和良心——羞耻心、亏欠心，而况于人乎？王阳明用了半辈子的时间苦苦求索，应该是悟到了这一层，所以他提出了这样一个学说。我为什么心里没有接受阳明心学呢？就是怀疑良知是否普遍存在。

那次河南之行回京后，我又翻了翻相关书籍，再去看所谓圣贤孔子的述说，忽然有悟！忽然理解圣人真的是圣人，而自己依然是凡人。子曰，"诗三百，一言以蔽之，曰'思无邪'"，孔子读《诗》"关关雎鸠，在河之洲。窈窕淑女，君子好逑"，读出无邪，读出真、善、美，而咱们好多人一读就读出"大姑娘美，大姑娘浪，大姑娘走进青纱帐"的画面。《春秋》从形式上看明明是史，但是两千多年来，它被认定是"经"，《春秋》文字朴实无华，读起来却要逐个字读，其鲜明的价值观和凛然正气就明明白白摆在那里，孔子作《春秋》而乱臣贼子惧，二十四史跟《春秋》一比，判若云泥。王阳明先生读懂了孔子和圣人先贤的心，而不是他们的文字，尤其不是几千年来诠释他们文字的文字！

孔子四十不惑，七十才从心所欲不逾矩，可见每个人从发现自己不善，到发现自己的善和本心，到"为善去恶"，是一辈子的事情。上古先贤以至于周公、孔子的本心，每个普通人的本心，连只豹子都有的本心，都是天赋的、不必去烦琐论证解释本能就存在的东西，这个东西叫什么呢？从战国韩非子到近代胡适，都管它叫"义"。

上篇 试说侠与义

[第一]

义到底是什么

"义"的含义及其提出

现如今"侠义"是个独立的词,我觉得其实它是由"侠"与"义"两部分组成的,并且有着内在的逻辑。二者之间是什么关系呢?有研究称"侠"最早出现于《韩非子》:"儒以文乱法,侠以武犯禁。"在"侠"这个概念出现之前,"义"就已经出现了。早于韩非的孔子就经常提到"义",比如《论语》里孔子就反复提到"义",大概有二十处。"侠"与"义"的关系是这样的:先有"义",而后有"侠",因为"义"出了点状况,所以引出了"侠"。

韩非子对义做过表述,"义者,谓其宜也"——应该那样。何谓"宜"?"宜"乃"仁"即"天"(臧宏《说〈论语〉中的"义"》)。胡适先生后来又对义做过解释,"义者,谓其宜也,凡事理应如此"——事情本来就应该是这样,这就是义。

韩非子和胡适的观点是"义就是宜、宜就是义",孔子的表述比他们更深一层:义就是宜,就是仁的表现,而仁又是天德的表现。

儒家讲"三纲五常","五常"——"仁义礼智信",义是其中之一。《孟子·告子上》有对"五常"的经典解释:

> 恻隐之心,人皆有之;羞恶之心,人皆有之;恭敬之心,人皆有之;是非之心,人皆有之。恻隐之心,仁也;**羞恶之心,义也**;恭敬之心,礼也;是非之心,智也。仁义礼智,非由外铄我也,我固有之也,弗思耳矣。

孟子对"义"的解释为"羞恶之心",其实与韩非子的解释是相通的——知道什么该做,什么不该做。也就是王阳明所说的那个本心,人人心中都有的那杆秤,那杆凭主观直觉和潜意识就存在、不需要动用逻辑推理和复杂论证就存在的是非判断,以至于连豹子心里都有的秤——羞恶之心。人有人的地盘,豹有豹的地盘,人豢养的羊是人的财产,豹子拿来吃了那就是不宜、不义,做了不义的事就理亏心虚,就要付出代价。

对义的最著名的论述当属《孟子·告子上》:

> 鱼,我所欲也;熊掌,亦我所欲也。二者不可得兼,舍鱼而取熊掌者也。生,亦我所欲也;义,亦我所欲也。

二者不可得兼，舍生而取义者也。生亦我所欲，所欲有甚于生者，故不为苟得也；死亦我所恶，所恶有甚于死者，故患有所不辟也。如使人之所欲莫甚于生，则凡可以得生者何不用也？使人之所恶莫甚于死者，则凡可以辟患者何不为也？由是则生而有不用也，由是则可以辟患而有不为也，是故所欲有甚于生者，所恶有甚于死者。非独贤者有是心也，人皆有之，贤者能勿丧耳。

孟子还在阐释"浩然之气"的时候顺便解释了义：

其为气也，至大至刚；以直养而无害，则塞于天地之间。其为气也，配义与道；无是，馁也。是集义所生者，非义袭而取之也。行有不慊于心，则馁矣。我故曰，告子未尝知义，以其外之也。

这里面提到"义"与"道"的关系，两者都是在人的内心之中，所以孟子认为告子不懂义，因为他认为义是外部的。

孟子《鱼我所欲也》这段话发展出一个成语"舍生取义"，重心在于"义"。与"舍生取义"有近似含义的一个词是"杀身成仁"，出自《论语·卫灵公》："志士仁人无求生以害仁，有杀身以成仁。"就是志士仁人为了求仁，可以舍弃生命。在儒家的思想体系中，仁和义经常是并用的，比如前文提到的五常"仁义礼智信"。

"义"源自"仁"

前面提到,孔子对于义的理解更厚重、深刻,《论语》中关于"义"的论述有很多,孔子并没有直接解释"义",而是通过一些对比概念或者举例,来告诉学生"义"是什么。他的意思总结起来就是:"义"的逻辑是上天冥冥中定下的,换科学的说法,是生物进化过程中自然形成的,或者再换一个社科的说法就是合情合理的,所谓"义"就是合乎天然之情、天然之理。所以我认为,义的根基是"情"和"理"。而"情"主要由血缘关系延展而出,自然状态下,高级生物的血缘关系越近,或者为了延续血缘而结成的关系越近,情就应该越深;而"理"是对情的逻辑描绘,符合或顺应自然之情的就是自然合理的,不符合甚至是逆向的就是不合理的。合乎情理的就是适宜的,就是义。这个逻辑是包括人在内的高等生物所共有的、同时存在于潜意识和意识里。

孔子对于"义"的解释还有一个特别的地方,就是"仁""义"相连,义源自仁。孟子将仁解释为"恻隐之心",恻隐之心就是不忍,看着别人受难、遭到不公平待遇,自己心里会有同感、会难受,这就是恻隐,就是仁,进而愿意去帮助别人,哪怕舍弃自己的利益,这就是义。"仁"在《论语》中出现过一百零九次,是儒家最重要的概念,仁与义又有着非常明显的关联性。《论语·雍也》:"夫仁者,己欲立而立人,己欲达而达人,能近取譬,可谓仁之方也已。"意思是说自己想要站稳,就想着别人也要站稳,自己想要通达就希望别人也能够通达,能够从身边的人开始帮助。这也就是孟子所说的"穷则独善其身,达则兼济天下"(《孟子·尽心上》)的起源。孔子、孟子这里所讲的仁其实包含了义的缘起,能够在考虑自己的时候想着别人,并去帮助别人,这不正是天地道义所在吗?推己及人,"老吾老以及人之老,幼吾幼以及人之幼",不也是义吗?如果没有恻隐之心,事事只想着自己,只考虑自己立、达,从不为他人考虑,这样的人不仅不可能仁,也无义可言。

《论语·里仁》:"唯仁者能好人,能恶人。"就是说只有仁者,才能正确地喜欢人或者厌恶人。我们个人的喜好其实带有很大的主观性,我们喜欢的人未必是好人,不喜欢的人未必就坏。那么怎么样才能做到正确喜欢或者厌恶人呢?就要做到仁。而这也正是义之所在,放弃个人低级的欲望,对人有仁,那便能够做到义,也就是喜欢应该喜欢的人,讨厌真正的恶人,进而去匡扶正义。《孟子·离娄上》中有一句话说明了仁和义的一种关系:"仁,人之安宅也;义,人之正路也。"精神安定之所在为仁,而人就是要朝着这个方向去努力,达到"人之安宅"所要走的道路,就是义。换句话说,**仁是内心的悲悯,义**更多地倾向于行动。一个人如果对人不仁,那就不可能义。我们通常说的有情有义，其实就是对待别人要仁厚、仁义。

仁义的最高境界是圣贤。《论语·雍也》有句话说明了圣贤的含义："子贡曰：'如有博施于民而能济众，何如？可谓仁乎？'子曰：'何事于仁？必也圣乎，尧舜其犹病诸。'"仁的含义是克己而为人的一种利他的行为，而子贡所说的博施于民，则是对人民大众这个更广泛的群体仁，因此我们如更具体一点说，他的"仁道"实在是为大众的行为。他要人们除掉一切自私自利的心机，而养成为大众献身的牺牲精神，而这也正是大义之所在，因此圣贤的定义其实也简单，无非就是大仁大义的人——要想自己站得稳，也要让大家站得稳；要想自己成功，也要让大家成功。这是相当高度的人道主义，要想做到这样的确不大容易，所以孔子说"为之难"。

与仁类似的西方概念是爱。基督教讲"神爱世人"，《论语·颜渊》中说："樊迟问仁，子曰'爱人'。"那么爱和仁有什么区别吗？爱往往伴着一个前提——喜欢。古代中国"爱"不一定是褒义词，它往往是指出于个人欲望的喜欢或者欣赏，甚至有"过于"或"沉溺"的成分在里面，如"停车坐爱枫林晚"；比如，某天我到郊外，看到一朵非常美丽的花，我很爱，于是就摘下来插在自己头上。这叫"爱"，不叫"仁"，"仁"不会把自己爱的东西统统据为己有。仁并不以喜欢为前提，它要求推己及人，即便对方是自己不喜欢的人，也要仁。儒家推崇的一个理念叫"内圣外王",对内行仁政,对外也要行王道,喜欢国外的一个地方,不是要派军队把它占领下来,而是要和那里的人民通商贸易、友好往来。由此可见,"仁"是比"爱"更难做到,也更高级的精神和行为境界。

[第二]

以礼致义的结局

义本质上是一种天生的法则。人类文明产生后,这个法则出现问题了,那些聪明人、强有力的人开始破坏这个法则。有些人发现不按照仁义行事能得到更多的好处:比如抢别人的粮食、猎物,比自己劳动简单多了。不光抢东西,还要逼迫人家当奴隶,让他们专门给自己种粮食、打猎物,自己享受就行。于是出现了杀戮和掠夺,那些相对聪明、武力较强的人占了上风,出现了弱肉强食。于是那些有社会责任感的人开始思考,并试图改变。比如,老子、庄子的主张就是把人的意识或者说显意识给打回去,让人这个物种回到豹子那样主要靠潜意识调节的社会里去,社会就和谐了:"天地不仁,以万物为刍狗,圣人不仁,以百姓为刍狗。"(老子《道德经》)不仁,是说天地、圣贤是公平的,不刻意对谁好,也不刻意对谁不好,大家按照本来面目生存。孔子与老庄不同,他主张"复礼",把潜意识和显意识都显意识化,统统掏出来,用一套叫"礼"的东西去规范它们,他认为如果那样,社会就和谐了。

克己复礼

"禮"(礼的繁体字)是后来的字,在金文里面我们偶尔看见有用"豊"字的,从字的结构上来说,"豊"是在一个器皿里面盛两串玉具以奉事于神,《尚书·盘庚中》里面所说的"具乃贝玉",就是这个意思。礼起于祀神,故其字后来从示,用示字旁,其后扩展而为对人,更其后扩展而为吉、凶、军、宾、嘉的各种仪制。郭沫若在《十批判书》中说:"礼,大言之,便是一朝一代的典章制度;小言之,是一族一姓的良风美俗。"这是从时代的积累所传递下来的人文进化的轨迹。故有所谓夏礼、殷礼、周礼。夏礼、殷礼都已文献无征,从流传下来的蛛丝马迹看,殷礼似乎比较野蛮,因为人牲也是殷礼组成部分,有人考证说纣王"酒池肉林"的"肉林"应该是挂在高处、自助餐式的大量人肉脯或烧烤人腿,并且有拿儿子的肉做成肉饼给老子吃的确切证据,而周礼即便以今天的价值观和伦理来看,仍然闪烁着人类文明之光,所以,千百年来备受推崇的是"郁郁乎文哉"的周礼。

周礼应该说肇始于文王,大成于周公。孔子特别崇拜周公,以久"不复梦见周公"为他衰老的征候而叹息。孔子有一个非常著名的主张是"克己复礼",简单来说就是克制个人欲望,恢复周礼。为什么主张"复礼"呢?按照孔子的学说,上至伏羲黄帝,中到尧舜禹,近至文王周公,礼曾经被实践过并取得过辉煌成就。到孔子所生活的年代,天下开始乱了,他认为应该恢复这套体系。而这套体系最后集大成者、还能够找得到"复印件"的就是周礼。平王东迁、周失其礼——说是东迁,其实就是落荒而逃,把庞大的文件体系搞丢了,到了东都洛邑不知道怎么办,于是求诸于鲁。鲁国是周礼总设计师和文件总纂者周公的封地,他的后代保留了较为完整的周礼程序和标准,于是又去"复制粘贴"回来。

礼本质上就是用来承载义的,或者说表达义、规范义、推广义。比如我们认为应该对人尊敬,而且对不同的人需要尊敬的程度不同,可这是一个比较抽象的问题,怎么来表达不同程度的尊敬呢?于是有了相应的礼,从拱手礼到三跪九叩大礼,每一种礼仪对应的尊重程度不同。也就是说要把潜意识和显意识认为合情合理的东西都明确表达出来,并且流程清晰、标准明确,辅之以音乐、舞蹈、器材、服饰等,那真的是一项浩繁工程,涉及社会的方方面面。后世有专门关于礼的著作《礼记》,《礼记》四十六篇,记载礼仪条文的有《曲礼》《檀弓》《玉藻》《丧服小记》等十篇,记载部分政令和制度的有《王制》《月令》《文王世子》《明堂位》四篇,而解释礼背后所承载的义的,占了绝大多数篇幅,有三十二篇。

比如《冠义》讲冠礼,也就是现在说的成人礼,各种步骤、服饰要求等，只占了很少的篇幅，而更多的是在阐述人为什么要行冠礼、行冠礼的意义、成人应该有哪些思想上的变化等。《冠义》第一段：

> 凡人之所以为人者，礼义也。礼义之始，在于正容体、齐颜色、顺辞令。容体正，颜色齐，辞令顺，而后礼义备。以正君臣、亲父子、和长幼。君臣正，父子亲，长幼和，而后礼义立。故冠而后服备，服备而后容体正、颜色齐、辞令顺。故曰：冠者，礼之始也。是故古者圣王重冠。

这一段是说人之所以为人，就是因为有礼义，礼义应该从举止得体、态度端庄、言谈恭顺开始，而这些都需要以冠礼之后的服装齐备为基础，这才能说是成人，所以古之圣王都非常重视冠礼。通过冠礼提醒他们已经成人了，就要真正做到正君臣、亲父子、和长幼，担起国家重任。所以**礼最重要的是背后的义，而不是礼本身**。

每一种行为都有显性的礼作为规定，把我们的潜意识充分调动和表达出来，这种设想应该说是非常有道理的，而且在两千多年的实践中，也取得了非常巨大的成功。我们说中国是"礼仪之邦"，不仅仅是说我们礼仪多，更多的是为了表达我们有行为规范、有维护社会公序良俗的基础，以及有遵从礼节、修养深厚的人民。

假如能完全按照这种以礼致义的设想办,想来社会应该会是美好祥和的乌托邦。而孔子所生活的年代"礼崩乐坏",礼乐制度都崩了,所以孔子主张"克己复礼",通过恢复周礼解决社会混乱、道德沦丧的问题。《礼运》"大同篇",讲孔子对礼制社会想要达到结果的憧憬:

> 大道之行也,与三代之英,丘未之逮也,而有志焉。大道之行也,天下为公,选贤与能,讲信修睦。故人不独亲其亲,不独子其子,使老有所终,壮有所用,幼有所长,矜寡孤独废疾者皆有所养,男有分,女有归。货恶其弃于地也,不必藏于己;力恶其不出于身也,不必为己。是故谋闭而不兴,盗窃乱贼而不作,故外户而不闭。是谓大同。今大道既隐,天下为家,各亲其亲,各子其子,货力为己,大人世及以为礼,城郭沟池以为固,礼义以为纪,以正君臣,以笃父子,以睦兄弟,以和夫妇,以设制度,以立田里,以贤勇知,以功为己。故谋用是作,而兵由此起。禹、汤、文、武、成王、周公由此其选也。此六君子者,未有不谨于礼者也。以着其义,以考其信,着有过,刑仁讲让,示民有常,如有不由此者,在势者去,众以为殃。是谓小康。

礼制社会的发展有小康和大同两个阶段，"小康"与我们现在说的"全面建成小康社会"有点区别，那就是没有物质文明的发展指标，孔子全然没提到物质丰富，只关注人与人的关系和精神文明。按照孔子的观念，小康就是用礼来约束、规范社会以做到天下为家，各亲其亲，各子其子，互相礼让。而大同社会，就是天下为公，根本不会只考虑自己，义自然在心中，也就不需要外在的礼去约束。

形式主义害死人

周礼相传都是周公所制，其实孔子及其弟子门徒好像杜撰补充了不少。孔子生活的时代比周公时代生产力发展水平更高。田制、器制、军制、官制……都在随着生产力的发展而变化，因此作为上层建筑的重要组成部分的礼也在随之变化。孔子所制定的礼乐，较周公之礼，在形式上更加丰富，在内涵上也还没有偏离致义的本质。《论语·八佾》中第一段就说："孔子谓季氏：'八佾舞于庭，是可忍也，孰不可忍也？'"什么行为让孔子忍无可忍了呢？就是"八佾舞于庭"这件事。"佾"是一种乐舞的行列，"八佾"就是八行八列，总共六十四个人。按周礼规定，只有天子才能用八佾，诸侯用六佾，卿大夫用四佾，士用二佾。按照当时的地位划分，季氏是卿，只能用四佾，他却用八佾，这有一个专有名词叫"僭越"，孔子对季氏这种破坏周礼等级的僭越行为极为不满。这说明孔子非常重视礼的形式。为什么僭越会被孔子认为不能忍？形式和内容是有联系的，季氏僭越，意味着他不尊重周天子，而不尊重周天子，就可能有反叛之心，势必引起争端。

孔子在重视形式的同时，也在周礼的基础上更加强调了礼背后的仁义，比如孔子说："人而不仁，如礼何？人而不仁，如乐何？"（《论语·八佾》）一个不仁的人，是不可能懂真正的礼乐的。但是礼发展到后来，有形式大于内容的趋势，形式越来越烦琐，而人们对于内涵的关注反而越来越少了。所以孔子说："礼，与其奢也，宁俭；丧，与其易也，宁戚。"（《论语·八佾》）礼与其奢靡，不如节俭。办丧事与其总在形式上下功夫改变，不如有内心真正的悲伤。"先进于礼乐，野人也；后进于礼乐，君子也。如用之，则吾从先进。"（《论语·先进》）野人就是农夫，他们所行的礼乐虽然非常朴素，但是贵在真诚。士大夫反而会让礼流于形式，所以后来孔子感叹"礼失而求诸野"，上层人士每天礼仪很多，其实已经礼乐崩坏，要到乡野之中寻找礼最本质的东西。

越往后走，礼制便越见浩繁，这是人文进化的必然趋势。因为需要规定的领域越来越多，细节也越来越多。隋朝开始实行"三省六部"体制，"六部"中一个非常重要的部门就是"礼部"。礼是用来致义的，为了达到义的目的来制定出礼，而后来礼渐渐异化了，人们的关注点不再是义，而变成了越来越复杂的礼，形成了各式各样的繁文缛节。

山东，特别是春秋时鲁国国都所在的地区，如果各位沉下心去走一走，会发现周礼的深刻烙印，礼多得令人咋舌。我在山东上学工作二十多年，其中七年是在那个地区度过，对此深有体会。那地方规矩多，比如喝酒，酒桌上的规矩我用了十几年时间也还没有完全掌握，现在让我去那里看同学朋友，组个正规的酒局，心里还是感到有压力，位置、次序、数量、宾客比例、辞语、姿势无不讲究！再比如丧仪，本来丧仪是为了寄托哀思，表达对死者的纪念和哀悼，结果演变成极其复杂的形式，去乡下参加葬礼，连谁带头哭、怎么哭、哭几声都规定好了，和演戏娱乐已经没有什么本质差别了，还哀痛什么？形式主义统领一切。

以礼治世的结果

以礼来治世，从个人修身、人的改造的角度讲，其实有四种结果：

第一种，圣人君子。

极少部分人，遵从礼的规范，表里如一，用礼来修养自身。《论语·雍也》中说："君子博学于文，约之以礼，亦可以弗畔矣夫！""博文约礼"一边读书学习，一边用礼来约束自己，克制个人欲望，做到仁义，这样的人就成了圣人君子。

第二种，依然禽兽。

《礼记》中有句非常著名的话："刑不上大夫，礼不下庶人。"绝大多数老百姓接触不到《礼记》中所讲的礼仪，所以绝大多数人其实没有真正受到礼的影响，这些人还处于原生状态，可以叫作"依然禽兽"——还是跟那只豹子一样，按照本真活着。

第三种，衣冠禽兽。

还有少部分人，把表里分得很清楚，礼的形式并没有影响他们的内心，他们只是遵守了礼的形式，穿上了文明的外衣，骨子里面还是那只豹子，所以唐突点说，这叫作"衣冠禽兽"——披上衣服了里面还是禽兽。

第四种，禽兽不如。

还有那更聪明的一类人，不仅能分清表里，而且能看透世人对礼的看法。他们嘴上说得越来越好听，办的事情实际上连那只豹子都不如——明抢暗夺脸都不带红的，善于并惯于用礼的外表来掩盖内心，此所谓欺世盗名。表面上对谁都好，背后给别人穿小鞋、使阴招，"满口的仁义道德，一肚子男盗女娼"。

随着礼成了一种表演，其内核仁义沦为附庸，繁文缛节越来越多，衣冠禽兽和禽兽不如的人却好像更多了。客观上讲，我们需要承认礼曾经发挥过巨大作用，否则，它的生命力也不会延续到今天。中华文明的独特性，相当程度上与周礼有关。

但是完全靠以礼来致义,是难以克制人的私欲的,孔子的主张在"复礼"前面还有两个字"克己"——克己复礼,能够真正做到"克己"的,又有几人?!平王东迁后,礼的形制虽然复了,实质却不再能够挽回,诸侯开始违礼、无礼、非礼,最终走到了礼崩乐坏的那一步,而后由上至下一层层崩坏下去。以礼致义出了问题,于是另外一种主张得以大行其道,那就是"依法而治"。

[第三]

以法致义的问题

"依法而治"的提出

《中国法制史》(张晋藩主编,高等教育出版社,2007年)的第一部分就是讲法的起源。法基本上是与国家同时期产生的,国家政权的维护,需要法来做保障,在恩格斯的名著《家庭、私有制和国家的起源》中说,"国家和旧的氏族组织不同的地方,第一点就是它按地区来划分它的国民……第二点是公共权力的设立",法就是公权力中最重要的组成部分。

中国的法律由原始习俗演变而成,最初主要由礼和刑组成。夏商时期法律体系由礼、刑、训、誓、命、诰组成,礼、刑是一般法,训、誓、命、诰是特别法。奴隶制法制的一个重要特征是"临事制刑",其目的是追求"刑不可知,威不可测"的效果,带有一定的随意性,还不够规范。比如一个人偷东西了,奴隶主觉得最近偷东西的人太多,要好好震慑一下,于是就判了那人死刑；过一段时间又有人偷东西，奴隶主觉得这个人平时劳动还不错，可能就只打了他几鞭子。这就是"临事制刑"。

西周周礼形成时期，礼已经从祭祀变成了一种行为规范，礼和法同期相伴而生，"礼法、礼法"，礼和法不可分割。《尚书》中的《吕刑》是我国历史上最早的法学专著，涵盖了西周的刑法、诉讼法等多方面的法律制度和法律思想。周初统治者总结商朝灭亡的教训，从"皇天无亲，惟德是辅"（《尚书·蔡仲之命》）推出"明德慎罚"（《尚书·康诰》）的法治思想。"明德"其实就是礼，让人们能有道德意识，进而约束自己的行为，同时对于惩罚，要谨慎，也就是我们现在所说的"鼓励为主，惩罚为辅"，西周治国是以礼为主，法治为辅。

"礼"是用德来约束人们不能做哪些事，鼓励人们去做哪些事，这就产生一个问题，有些人不自觉，用德来约束他根本不听，那就需要一套惩罚体系，这套体系就是法。奴隶社会也有法，但"刑不可知，威不可测"，有惩罚却没写成条文并公之于众。成文法在春秋战国时期诞生。春秋战国时期是礼崩乐坏的，各个诸侯国不再听命于周天子，各国自己也是烂事一堆，又要防止别国进攻，又要搞好本国政治经济建设，这个时候法的重要性就凸显出来，很多国家都制定了法律，进行了变法，具有代表性的如下表：

国家	代表人物	法律
魏国	李悝	《法经》《大府之宪》
赵国	公仲连	《国律》
楚国	吴起、屈原	《宪令》《鸡次之典》
齐国	邹忌	《七法》
韩国	申不害	《刑符》
秦国	商鞅	《秦律》

我们所讲的齐国管仲变法、魏国吴起变法，以及最著名的秦国商鞅变法，这里面的法不是我们现代意义上讲的法律，而是一种国家治理秩序和体系的整体变化，涉及税收、民生、教育、官僚、军队等国家的方方面面。今天我们所说的惩罚机制和条文在古代叫"律"。变法有点像我们现在所说的改革，其中当然也包括惩罚机制，律。比如宋朝的王安石变法，不是指改变宋朝的法律条文，而是指社会方方面面的改革。

律的制定和变革，在春秋战国时期，特别是战国后期成为一种国家普遍的需求，法家思想得到发扬光大。法家思想的集大成者是韩非子。韩非子主张改革和实行法治，要求"废先王之教"（《韩非子·问田》），"以法为教"（《韩非子·五蠹》）。他强调，制定了"法"就要严格执行，任何人也不能例外，做到"法不阿贵""刑过不辟大臣，赏善不遗匹夫"（《韩非子·有度》），也就是后来所说的"王子犯法与庶民同罪"。后来秦国发扬光大了韩非子的思想，迅速成为强国，依法而治，用强制的法律来约束人民，安定社会秩序和人心。

"依法而治"的局限

依法而治就没有问题了吗？它仍然问题很多，最显著的有四个方面。

其一，法有阶级性。马克思告诉我们，法本来就是一部分人制定出来去约束另一部分人的，所以它从根本上就不见得保护所有人，为所有人主张利益。马克思在研究哲学之前，曾拿到法学学士学位，也是法学方面的学霸。马克思的《黑格尔法哲学批判》一书被认为是马克思主义哲学创立的发端。这本书的写作背景跟一件特别著名的事件有关：林木盗窃。

19世纪初，工业革命席卷德国，推动了国家经济发展，同时也加剧了下层劳动人民生活的赤贫化。饥饿驱使贫民到森林里捡拾枯枝、采摘野果，一些人甚至破坏猎场和牧场。1826年《普鲁士刑法典》对擅自砍伐和盗窃树木行为加重了惩罚，但穷人到森林采野果、捡树枝的行为仍有增无减。1836年，在普鲁士邦所有二十万件刑事案件中，与私伐林木、盗捕鱼鸟有关的就有十五万件。当局借口1821年6月颁布的普鲁士法律已经过时，试图制定新法律控制事态的蔓延，议会最终让苛刻贫民、维护有产者权益的新法案得以通过。马克思调查了"林木盗窃"的原因：正是饥饿和无家可归才迫使人们违反林木管理条例，而许多人这样做竟然是为了被送进拘留所领一份监狱口粮，法律的阶级性充分体现出来！马克思开始怀疑自己之前的哲学，写下了《黑格尔法哲学批判》，奠定了历史唯物主义思想基础。法律的阶级性逐步成为一种共识，或者说常识。西方法律有阶级性，中国的也有，例如，以前民告官，先已有罪，要先打板子，然后才让递诉状。老百姓即便受了冤屈和欺负，也不敢贸然去告官，这客观上保护了官僚阶级的利益。

其二，法有局限性。制定法律，首先总有考虑不到的情况，其次也总会出现新的问题，前法覆盖不到、在增补和新法出来前，就会有空窗期，这个过程当中肯定会有人的利益得不到保护。比如，近年来经常发生未成年人犯罪的情况，犯罪呈现低龄化，但是由于之前的《未成年人保护法》规定，未满十四周岁的未成年人可以不负刑事责任，所以有些人一直都处于逍遥法外的状态。一名十三岁少年杀害了母亲，而由于其未满十四周岁，免于刑责。鉴于此类案件越来越多，很多人提出修改《未成年人保护法》，将十四周岁降低到十二周岁，防止一些恶性事件发生。但是在修改之前，这个弑母的少年将得不到应有的惩罚。法律也存在局限性，在修改之前，部分正义得不到伸张，修改之后，又会产生新的问题。可以这么说：法律永远是滞后的，需要不断更新。

其三，释法和执法有弹性。在法的执行过程当中，对法律的解释，对法律的执行，是有相当大弹性的。不论古今中外，都是如此。《水浒传》里经常出现一个词，将文案"做死"，一个人判什么罪，跟文案是有莫大关系的。潘金莲、西门庆伙同王婆杀害了武大郎，武松回来之后，找到证据去阳谷县告状，结果阳谷县县令收了西门庆的贿赂，不予理睬。武松于是找邻居做见证，揭露了他们的罪行，杀了潘金莲和西门庆，自己拎着人头祭拜了哥哥之后，到县衙门自首。武松杀了两个人，按照宋朝的法律，应该是要判死刑的。但是知县觉得"武松是个义气烈汉……一心要周全他"，所以就把文案改了，把武松的罪写成了斗殴失手，过失杀人，故意杀人和过失杀人，差别非常大。然后武松被押送到了东平府，府尹陈文昭"哀怜武松是个有义的烈汉"，还找了刑部的关系，把文案写得轻了，最后武松被判"脊杖四十，刺配二千里外"。而没亲手杀人的王婆，因教唆通奸，并协助潘金莲药鸩武大郎，做死了文案，判了一个字：剐。

今天翻开各类法律，不管是《刑法》还是《民法》，所有的法律都存在量刑轻重的问题。比如经常有法条规定"情节较轻者……""情节严重者……""情节恶劣者""造成严重社会影响……"，这些情况是量刑不同的。比如故意杀人罪，我国的《刑法》就规定："故意杀人的，处死刑、无期徒刑或者十年以上有期徒刑；情节较轻的，处三年以上十年以下有期徒刑。"三年有期徒刑和死刑，差别太大了！什么属于情节特别恶劣，什么能够构成从轻处罚，这都是有弹性的。所以催生出一个庞大的律师职业群，与此有直接关系。

其四，执法或有偏私。不敢说一定有，起码是可能有。不能够秉公执法，拿公器来谋取自己的利益，主观上执法犯法，那就很可怕了，必定会造成相当多的人受损害。《增广贤文》中有句话："八字衙门向南开，有理无钱莫进来。""南""难"谐音，表示穷人在衙门打赢官司很难。元杂剧《窦娥冤》中窦娥在临死前喊道：

> 有日月朝暮悬，有鬼神掌着生死权。天地也，只合把清浊分辨，可怎生糊突了盗跖、颜渊？为善的受贫穷更命短，造恶的享富贵又寿延。天地也，做得个怕硬欺软，却原来也这般顺水推船。地也，你不分好歹何为地？天也，你错勘贤愚枉做天！哎，只落得两泪涟涟。

执法腐败是导致义沦丧最可怕的情形。如果说前三种属于法本身客观存在的问题，那么第四种就属于故意把法凌驾于义之上的人为作恶，让人感叹：义是不是真的存在？

钱德勒的名著《漫长的告别》讲一个执法有偏私的故事。侦探马洛的朋友莱诺克斯的妻子被杀了。她是非常有钱的资本家的女儿，素来浪荡不羁。后来莱诺克斯也在墨西哥一个小镇"自杀"了。马洛一直在调查。其间他受到了几股势力的阻挠，其中最主要的阻力来自莱诺克斯的丈人波特。马洛当着波特的面，揭露了他不愿意继续查案的原因：

> 你不在乎谁杀了你女儿，波特先生。很久以前你就当她是败类，断绝了往来。就算特里·莱诺克斯没有杀她，真正的凶手依然逍遥法外，你同样不在乎。你不希望他落网，因为那会复活丑闻，接下来的审判和抗辩会把你的隐私炸得比帝国大厦还高。

所谓民主自由的美国司法、执法部门最终也就听之任之了。

[第四]

以侠伸义，是有"侠义"

因依礼而治、依法而治的局限性，"礼"和"法"都不见得能伸张"义"，甚至礼和法结合起来也不能完全伸张义，于是一个新的职业横空出世——侠。由"义"而至于"侠"，因为"义"是个客观上需要主张、刚性需求非常顽强的社会要素，当"礼"和"法"无力主张或有空缺时，于是有了侠，以侠来伸张义，是为侠义。侠，夹人者，"夹"引申为助人，通过自身力量帮助他人的侠指有能力的人不求回报地去帮助比自己弱小的人。自然，因为有了侠义，所以就需要有人去做这事情，以侠伸义的人，就叫"侠客"。"侠客"，一个耳熟的概念，其实是在历史长河中逐步发展形成的。对于侠的评价始终存在争议。韩非子名篇《五蠹》中认为有五种人对国家无益，必须铲除，这五种人是：学者（指儒家）、言谈者（指纵横家）、带剑者（指游侠）、患御者（指依附贵族并且逃避兵役的人）、商工之民。韩非子有句著名的话"儒以文乱法，侠以武犯禁"，他认为这些人会扰乱法制，是无益于耕战的"邦之虫"。

"侠"这个概念第一次出现，就是出现在韩非子的这句话里，且以贬义出现。司马迁在《太史公自序》中说侠是"仁者有乎""义者有取焉"，符合仁义的品质，而且"救人于厄，赈人不赡"，在别人危难的时候去帮助，在别人穷困的时候去周济。司马迁对侠显然是赞许的，因此司马迁专为游侠作传，肯定了侠客在匡扶正义、施行仁义方面所起到的巨大作用，以及他们个人由此而产生的人格魅力。

中国有侠客，西方有骑士，日本有武士……其实这些职业或者说特殊群体，都是人类社会发展中必然会形成的。当然，中国的侠客与其他国家这些类似群体有区别，这一点将在后面讨论。侠的产生，一方面，满足了社会伸义的要求，一定程度上维护了社会的公平正义；另一方面，侠客的产生给人民一种理想化人格的想象，并对后世产生了极其深远的影响，很多志士仁人以古之游侠作为精神追求，让侠的精神能够在后世更加熠熠生辉，并不断产生更加丰富的精神内涵，维护每一个时代的公平正义。

[第五]

中国侠客五特征

"侠",经历了一个复杂的发展、演变过程,"侠客"作为一个群体,与其他人群有显著的区分,我斗胆归纳了一下,其特征主要有以下五个方面。

其一曰勇敢。

"勇"是侠客给人的最直观的印象或形象。"子曰:'非其鬼而祭之,谄也。见义不为,无勇也。'"(《论语·为政》)祭祀不该祭祀的鬼神是谄媚;看到应该做的事情而不去做,是无勇。孔子说"见义不为,无勇也",而侠一定是见义勇为的,侠客敢于出手,见到不平事能够勇敢站出来伸张正义,有时敢于出手到"以武犯禁"的程度,会为了维护公平正义而去对抗国家机器,所以从执政阶级的角度,对侠客要坚决予以取缔——这是从秦汉开始,有意识地打压侠客、打压侠这个群体的原因,因为侠客违反法律,他敢跟政府对着干,就是以武犯禁。

虽然"武侠"是给人最直观印象的侠,仿佛是侠就要会武功、就敢动手,但其实侠在最初产生,以及发展的各个不同阶段,不会武功的侠也是很多的,侠本质上是一种精神和利他行为,侠客并不见得一定要会武功,刺庆忌的要离既弱且残,但几千年来大家都认可他比荆轲、秦舞阳勇敢,勇敢是指在关键时刻敢挺身而出,解救危难,勇敢是指内心强大。

侠客的勇敢有一个特征,就是血性、感性、直觉、迅猛,出手行动不是基于利弊分析,而是"路见不平一声吼,该出手时就出手"。中国人是讲究理性和算计的,《孙子兵法》开篇就是"始计篇",行动之前一定要在庙堂之上反复算、精确算,所谓庙算"五事七计",SWOT战略分析法中国人老早就运用得炉火纯青了。但是,庙算是贵族、君主、政权的专利,如果一个侠客在出手之前心里也扒拉来扒拉去,反复计算出手的利弊,那肯定不是侠客,而是机会主义高手韦小宝了。

其二曰舍得。

侠客的第二个鲜明外在特征就是舍得。舍得什么呢?最常见的是舍得钱财,视金钱如粪土——为了帮助别人非常大方,这是侠客的入门标准。其次,有时候还要舍得人,这在中国历史上有好多例子。民国时期四川有个将军叫范绍增——范哈儿,在川系军阀中以仗义闻名,后来也是抗战名将。他娶了几位太太,其中有一位很年轻,范先生送她去读书。这位太太就和学校的校长王老师产生了感情。范先生很生气,把他俩抓了。然后有人求情，最后范先生把他这个年轻太太收为义女，陪备财物，把她嫁给了王老师——舍得了人。

范绍增舍人毕竟舍的是别人，更有舍自己的，比如专诸刺王僚。周的祖先其实是最讲义的，古公亶父看中了自己的小儿子和小儿子的儿子——后来的周文王姬昌。大儿子和二儿子明白了父亲的意思，为了让幼弟顺利继位，带着自己的家族出走，离开岐山漂流到了吴地。不知道过了多少代，祖辈的历史又重演，那届吴王有四个儿子，老四季札最贤德，吴王想要跨过三个哥哥传位给他，但是季札不想乱了长幼有序的"义"，推辞不受、隐居封地（我的家乡常州武进）。没办法，他大哥只能继位，然后大哥传二哥、二哥传三哥，三哥临终前要传给季札，没想到他还是不接受。于是三哥的儿子就继位了，是为吴王僚。这激恼了一个人——大哥的儿子阖闾，阖闾说：四叔不受，那按照"义"，应该回过头来，让我这老大的儿子继位啊，怎么三叔家这么不讲义呢？不行！我得夺回属于自己的东西。于是招徕侠客死士，其中最有名的叫伍子胥，伍子胥给他推荐了专诸。

伍子胥给专诸讲了这个事情的来龙去脉，明白告诉他，你的任务就是去刺杀吴王僚、去赴死。为了完成这个任务，专诸用好几年的时间去太湖学做红烧鱼的手艺。这很不容易——知道要去执行一个必死的任务，还能够静下心来去学技艺，那绝对不是一般人能做到的。专诸刺了王僚，被王僚的护卫砍为肉酱，阖闾成了吴王。舍命是不是就到了最高层级呢？其实还有人舍得比命珍贵的东西。后面再讲这一点。

其三曰信诚。

侠客的第三个鲜明外在特征就是信诚。司马迁赞誉游侠："其言必信，其行必果，已诺必诚，不爱其躯，赴士之厄困……不矜其能，羞伐其德……"其中很重要的一是信，一诺千金，答应了一定要办；二是诚，热诚助人，热心肠。这两个概念也是有逻辑关系的，不仅要信，还要诚：你答应了一定要给人干，你老是答应得很好，就是迟迟不付诸行动，那就不能叫信诚。所以一是要承诺，二是要践行。

《论语·学而》曰："吾日三省吾身：为人谋而不忠乎？与朋友交而不信乎？传不习乎？"与人交往守信用是侠客的标准。但是孔子还说过一句话："言必信，行必果，硁硁然，小人哉！"（《论语·子路》）怎么言必信、行必果成了浅薄固执的小人？孟子替他解答了为什么"言必信，行必果"不是特别高的境界："大人者，言不必信，行不必果；惟义所在。"（《孟子·离娄下》）当承诺的事情与义发生冲突时，要以义当先。从唐传奇开始，武侠小说中常有这样的桥段：侠客答应去杀人，但当侠客发现要杀的那个人是好人时，宁可自杀取信，也不杀那个人了，这符合孔子、孟子所讲的原则。

其四曰任义。

"子曰：'君子之于天下也，无适也，无莫也，义之与比。'"（《论语·里仁》）意思就是君子对于天下的事，没有规定一定要怎样做，也没有规定一定不要怎样做，而只考虑怎样做才合适恰当、符合义，就行了。从这一句可以看出，义是一种非常重要的做事态度和原则。任义就是驱动、驱使、驾驭义，肯担当、能担当，以公平正义为己任的意思。勇武也好，信诚也罢，必须是发自内心的价值驱动，而不是靠外在的诸如利益、金钱等驱动。而驱动侠客之义的恰恰是仁。

真正的仁就是《三字经》所说的"泛爱众"，看到众生受苦，内心不忍，于是奋起拯救。毛主席有篇雄文叫《为人民服务》，里面有句话：

> 中国人民正在受难，我们有责任解救他们，我们要努力奋斗。要奋斗就会有牺牲，死人的事是经常发生的。但是我们想到人民的利益，想到大多数人民的痛苦，我们为人民而死，就是死得其所。

我们的死是为了大多数人的生，那就死得其所，这正是一种伟大的仁的精神。

侠客有怜悯之心、恻隐之心，就会推己及人，见不得别人受苦受难。《水浒传》里的鲁智深为什么被认为是大侠，就是因为他是真正的心存仁义。见到金翠莲父女受苦被欺负，自己内心就义愤不已。他和金翠莲父女非亲非故，却愿意为了他们以身犯险，就是因为他有一片仁心。后来好朋友林冲被发配，看到兄弟冤枉受苦，自己内心非常难受，于是鲁智深一路暗中保护，出于一片仁义之心要护他周全。因为鲁智深内心有大仁大义，所以他是真佛陀。

中国人的价值观是这样的：作为被帮助的一方，知恩图报，甚至滴水之恩当涌泉相报，这符合被帮助者的义。作为施恩的一方，义之所在，就要出手相助，而不图对方的回报。一方面施恩不图报，另一方面知恩图报，这构成一个精致、良性的义的循环——很可惜，完全符合这个循环的美好故事少之又少。

其五曰独特。

大家有没有想过一个问题——为什么叫侠客，不叫侠士或其他什么名目？"客"是什么意思？"客"就是特立独行、不依附于什么。意思就是：他不是和你一体、一伙、一家的。他保持独立的人格，轻易不肯受雇用——我可以为你干事儿，但我不是你的雇员，我是你的客，所以叫侠客。因为有了侠义，所以有了侠客。

春秋战国时期有"四公子"：孟尝君、春申君、信陵君、平原君。他们有很多门客，孟尝君有"门客三千"之说。门客中有侠客，比如信陵君的门客侯嬴、朱亥。这些人之所以叫门客而不叫奴仆或者属下，是因为这些门客与四公子的关系不是雇佣关系，他们本身有自己的职业，很多人只是因欣赏四公子的品行而追随。《水浒传》中柴进号称"小孟尝",喜欢招揽天下豪杰,去过柴进庄园的好汉有林冲、武松、宋江等,柴进没有把他们当属下,他们也不认为柴进是主子,因此他们都是"客"。侠客在江湖行侠,完事走人。而被雇用的武艺高强的人不叫侠客,可以叫保镖或打手。

《史记·孔子世家》记载,在郑国孔子和弟子走散了,孔子就在城郭东门等着,有个人对子贡说:"东门有人,其颡似尧,其项类皋陶,其肩类子产,然自要以下不及禹三寸,累累若丧家之狗。"意思是东门边有个人,他的前额像尧,他的脖子像皋陶,他的肩部像子产,不过自腰部以下和大禹差三寸。一副疲惫倒霉样像条"丧家狗"。子贡找到孔子之后,就把这话告诉了孔子,孔子"欣然笑曰":"形状,末也。而谓似丧家之狗,然哉!然哉!"就是说他调侃我的样貌无所谓,不过他说我像条丧家狗倒是对的,确实如此,确实如此啊!孔子为何自认丧家狗呢?孔子不被任何人豢养,为了推行他的仁义治国理念窘迫奔走,所以是"丧家"的狗——其实孔子身上有侠的影子。北大李零教授曾说,知识分子就应该是丧家之犬,不能谁给钱就为谁说话,而应该正心诚意做学问,为天地立心,为生民立命,这正是一种侠客精神。

这五个特点兼具,就是中国式侠客。

[第六]

西方也有"侠客"

"侠客"之所以加引号,是因为西方其实没有"侠客"这个称谓。西方从古代一直到现代,都有类似于侠客的群体,古代是骑士,现代则是以好莱坞大片为代表的文艺作品所塑造的英雄。

骑士精神的形成

古代西方有骑士,骑士精神影响了西方很长时间。后来的贵族精神、绅士风度等,都受到了骑士精神的影响。罗马帝国在日耳曼人的进犯浪潮中崩溃(公元476年)后,欧洲建立起了数不胜数的封建君主国,陷入长期战乱。小封建主在自己领地内是领主,但同时又是大封建领主的家臣或封臣。封臣必须向领主尽忠,在政治、军事和经济上为领主效劳,必要时为领主保卫领地或出征打仗;而领主则必须保护封臣。骑士都是封建贵族，特别是中下层贵族和大贵族那些没有主要继承权的次子们。后来，随着骑士精神被大力宣扬，连国王和高等贵族也以做骑士为荣：在英国以国王为首的"嘉德骑士"成为英国贵族的最高封号。所以，骑士不仅要武艺高强、作战勇敢，他的首要美德就是对领主绝对忠诚。

中世纪早期，骑士几乎都是残酷、野蛮、无法无天的武夫，仗着自己的贵族地位、封建领主的保护和身上的刀剑无恶不作。他们那些有关勇敢、征战、荣誉和慷慨的行为准则，实际上和野蛮、残忍、傲慢和挥霍没有本质区别。制约骑士的力量来自宗教。中世纪时，天主教会凭借上帝的权威，是唯一能凌驾于各封建君主之上、多少具有一定统一性的力量，教廷试图建立起统一的"基督教帝国"。封建君主之间无穷无尽的战争和骑士们的无法无天是对教会权威的蔑视和挑战，是教会所不能容忍的。公元990年罗马教廷颁布了"上帝的和平"（Peace of God）的教令来制止封建主之间私下的战争和禁止对教堂、神职人员、香客、商旅、妇女、农民、孩子、耕牛和农业设施使用暴力。不久，教廷又颁布了称为"上帝的休战"（Truce of God）的教令，禁止在所有宗教节日期间和周末（从星期六晚上到星期一中午）发动战争或进行打斗。1042年教廷把"休战"期大幅度延长，除宗教节日外，每星期从周三晚上到周一早上也为休战期。在11世纪和12世纪，教廷反复重申这条教令，并在1095年规定，所有十二岁以上的男子，从贵族到农奴,每三年都必须宣誓遵循"上帝的休战"。然而尽管教会三令五申,颁布各种教令,但是由于只停留在说教,所以没有起到很好的约束作用,人们宣誓完之后依旧我行我素,打打杀杀。

由于各种强制性教令没有取得多大成效,教会需要想一些真正有用的办法。于是教会找到了一个关键人群——骑士。教会尝试着用基督教精神来驯化那些桀骜不驯的封建骑士。正如法国19世纪著名学者里昂·高蒂埃所指出:

> 在这一可怕时刻——在我们历史上的关键时期——教会着手进行基督教军人的教育;也正是在这一时期,她采取了坚决的步骤,抓住强悍的封建贵族作为对象,并为他指出理想的规范。这一理想规范就是骑士精神。(Chivalry)

这种骑士精神的核心是基督教精神。拉蒙·卢尔在13世纪写的一部关于骑士精神和骑士行为规范的专著《骑士制》中指出,骑士的首要任务就是"保卫对基督的信仰"。于是,这种新的骑士不仅要忠于主人,而且必须忠于上帝,忠于教会。他必须首先为上帝、为基督、为教会而战,他还应该保护弱者和穷人,对"战斗人员和非战斗人员都应该仁慈和慷慨"。

骑士精神被大肆宣扬,骑士制和骑士文化被传播到欧洲各国的时代，是十字军东征的那几个世纪。1095年来自欧洲各地的骑士，佩戴十字标志，由各地王公贵族率领，在教皇代理人指挥下，带着夺回耶稣的圣墓所在地、抢劫东方难以置信的财富等各种目的，涌向中东，开始了断断续续长达几百年的东征运动。东征运动并没有消除欧洲内部的争端，但由于许多桀骜不驯的封建贵族被引向东方，欧洲进入了相对平静的时期。从12世纪开始，许多宣扬骑士高尚品德、表现骑士英雄业绩的骑士浪漫传奇，大量涌现。当然，关键词是文学，特点是浪漫传奇，本质就是理想化。浪漫传奇里的骑士不是中世纪现实存在过的封建骑士。除文学作品外，这期间还出现了一些阐述和总结骑士精神、骑士行为规范、骑士品质和美德的专门书籍。虽然这些书籍和浪漫传奇里描绘的骑士是一种理想化形象，与现实中的封建骑士相去甚远，但骑士文化逐渐成为有理论、有行为规则、有艺术形象的文化体系，对欧洲文化传播等方面起到了相当积极的作用，也造就了后来我们非常熟悉的绅士风度、贵族精神等。

骑士的八种美德

骑士有八大美德——谦卑、荣誉、牺牲、英勇、怜悯、诚实、公正、灵魂。当然，前文已经讲过，这些精神是文学家建构出来的。尽管是建构的，但也是欧洲文化的重要组成部分。

第一,谦卑(Humility)。

骑士有其骄傲的一面,但骑士不等同于其他贵族的地方之一就是他同时还有谦卑的一面。彬彬有礼,尊敬他人,谦虚谨慎,这是骑士日常生活中的待人之道。谦逊的态度不仅仅表现在面对年轻貌美的女士和身份显赫的贵族时,在对待平民时,骑士也绝不会恶言相向。我们经常看到影视文学中描绘的场面:仪表堂堂、高大威严的男子,半鞠躬地拉开马车的门,面带微笑地目送老态龙钟的平民上车。风度翩翩的男士会请"女士优先",或对她脱帽致礼,或在餐桌前为她移动座椅,这样的绅士风度是从骑士精神中的谦卑这一条而来。

第二,荣誉(Honor)。

为荣誉而战!甚至不惜牺牲一切!这是骑士恪守的信条。骑士的荣誉来自两个方面:一方面来自封建特权阶级,另一方面来自神。茅盾先生在《骑士文学ABC》中说:"骑士们终年跑江湖游侠,自然是不事生产的……他们全靠一些小诸侯和封建贵族的豢养,所以他们自然而然要拥护这些封建的特权阶级。这就成了他们'忠君'的信条。"而另一方面,因为基督教用基督精神对骑士进行了改造,因此骑士的荣誉也来自对神祇的信仰和诚实。

第三,牺牲(Sacrifice)。

骑士这一点与侠客类似,要有牺牲精神,也许是牺牲物质利益，也许是牺牲生命。更多的时候，骑士牺牲的对象是神，或者与神相关的物件，典型的就是圣杯。在骑士小说《亚瑟王之死》中兰斯洛特爵士有一句很有代表性的话："为寻找圣杯而死，总比死在别的地方要荣耀得多。"后来国王清点了一下，全部的一百多名骑士都去参加了寻找圣杯的挑战，最后回来的不到一半。

第四，英勇（Valor）。

骑士必备的品德之一就是勇敢，这一点体现在战场上和冒险的旅途中。在战场上，他们要挥舞长矛向敌人发起勇猛的攻势，帮助自己的领主取得战争胜利。在骑士文学中，骑士的英勇主要体现在为了寻找圣杯或者为了追求爱情过程中，正是在这些过程中，他们得到修行，靠近神性。

第五，怜悯（Compassion）。

同情弱者，骑士要有一颗博大包容的心。在弱肉强食的中世纪，对于扶弱济贫精神的向往自然成为文学创作的重要精神源泉。

第六，诚实（Honesty）。

能不能做到是一回事，但这是对骑士精神的要求。大部分的骑士团规章在显眼的位置上注明了一条：骑士必须忠于自我的灵魂。骑士诚实的对象有三类：对封建领主诚实，对神祇诚实以及对自己诚实。

第七，公正（Justice）。

公正无私，严守法律，按章办事。这一点比较好理解，此处不再赘述。不过这一点与侠客所秉持的义是有区别的，在后面会讲到。

第八，灵魂（Spirituality）。

Spirituality也可以翻译理解为精神和灵性这种美德，要有对神旨的领会能力。《亚瑟王之死》中对这个观点进行了鲜明的阐述："想在此赢得荣誉的骑士，不管武艺多么高强，首先都应是道德高尚、品行端正的人，而且必须膜拜上帝、敬畏上帝。"我们前文讲过，骑士精神本身就是基督教精神对骑士的改造，所以骑士是宗教的产物，必然有对神的忠诚和敬畏。

骑士精神的解构

骑士精神是中世纪的产物，自14世纪开始的文艺复兴运动，宣告中世纪结束，人们开始挣脱宗教的精神束缚，以基督教精神为最基本内涵的骑士精神，自然开始衰落。骑士的八大美德中很多地方都与神有关，这是中世纪的神本主义的体现，而文艺复兴倡导人本主义，追求现实幸福与个性解放，与神本主义格格不入，自然骑士精神某种程度上也是受到批判的。反骑士文学名著《堂吉诃德》的横空出世，进一步让骑士精神成了明日黄花。

《堂吉诃德》于1605年和1615年分两部分出版，当时骑士已经消亡了一个多世纪，《堂吉诃德》讲述主人公因为沉迷骑士小说，幻想自己是一名骑士，自封为"堂吉诃德·德·拉·曼却"（拉·曼却地区的守护者），拉着邻居桑丘·潘沙做自己的仆人，行侠仗义、游走天下，做出了种种与时代相悖、匪夷所思的行径，结果四处碰壁。但其最终从梦幻中苏醒过来，回到家乡后死去。《堂吉诃德》其实是对中世纪骑士文学，以及其所建构出来的骑士精神的解构。

比如，堂吉诃德遇到一个农夫拷打小牧童，因为牧童放羊时丢了羊。堂吉诃德让农夫放了牧童，还叫农夫把欠下的九个月的工资发给牧童。农夫当时虽然答应了，可当堂吉诃德一走，又把小牧童绑起来打了一顿，堂吉诃德的仗义毫无结果。后续的事情大都如此，堂吉诃德坚持着骑士精神，一次次碰壁，一次次闹笑话，最后终于醒悟过来——原来一切都是幻想！中世纪所谓骑士文学大抵是幻想多于现实。堂吉诃德从幻想中醒来，也宣告了对骑士文学的彻底解构，以及对所谓骑士精神现实意义的反思。随着《堂吉诃德》等反骑士作品的盛行，加之中世纪的结束以及骑士这种特殊的群体已经彻底消失，骑士精神退出历史舞台。当然，其一部分精神内涵还依然存在，以其他的形式表达出来。

好莱坞电影与个人英雄主义

第二次世界大战结束之后,随着世界秩序发生新的变化,以好莱坞大片为代表的美国文化开始崛起,其所塑造的好莱坞英雄也代替了骑士精神,成为新的西方"侠客"的代表。好莱坞电影一个最显著的特点就是打造了许许多多超级英雄,这些超级英雄有点近似于中国的侠客,但是也不尽相同,其最大的特点就是个人英雄主义。源于美国的特殊建国史,美国是个崇尚个人奋斗的国度、崇拜英雄的国家。个人英雄主义是好莱坞电影的重要主题,"好莱坞经典影片即使没有完全围绕个人英雄主义展开,至少也都以个人为中心组织情节——这是好莱坞自创建伊始至今奉行的价值观念"。好莱坞电影塑造了各色荧屏英雄人物,他们变幻多姿,身份各异:有大漠荒原上纵马奔驰的西部牛仔、警长,有传说中的史诗英雄,有战争片中的英勇悲壮式英雄,有绝处逢生的灾难片英雄,有漫威打造的一系列超级英雄,有敢于同黑恶势力做斗争的侦探形象,还有通过个人奋斗获得成功并走向人生巅峰的现实传奇……

好莱坞这座造梦工厂一直不遗余力地打造各式英雄神话,个人英雄主义的宣扬成了好莱坞电影的一种显性主题。个人英雄主义反映了美国文化中自我依靠、自我奋斗、自我成功的内涵,这是美国民族性中很重要的一点。英雄崇拜自古有之,而且,世界上几乎每种文化都具有英雄情结。在面对来自未知世界和死亡的威胁时,人们渴望能被救助与保护。所以,英雄主义是人类共同的一种心理和精神层面需求,人们潜意识里需要至少在精神上得到英雄的拯救。这与中国人崇尚、向往侠客以及中世纪欧洲人渴望真正骑士的出现是同样的道理。这些英雄与中国的侠客有很多相通之处。

第一,独立的自由个体&特立独行的大侠。

一般意义上的美国英雄是"具有高尚的道德感和超常能力的个体,为了追求自己的目标,无论面对多么强大的对手,该个体都会坚持不懈,坚持战斗到底。英雄是正义的捍卫者,是不折不扣的行动者"。以西部片为例,从1903年的首部西部片《火车大劫案》的出现开始,好莱坞的西部片经历了多年的演变与发展;但美国西部片中塑造的各类英雄人物基本具有上述美式英雄的特质:他们道德崇高,能力超凡;毫无例外都会在危难之际担负起维护正义、拯救弱者的使命。

而且,几乎无一例外,影片中的这些英雄都是游走四方、脱离社会和家庭生活的孤立的自由个体。离群索居、自由独立构成了他们典型的荧屏形象。这些独立的英雄个体在帮助弱者、铲除邪恶之后,均选择离去,重新又远离所谓的文明社会。以英雄的超凡能力和强大的正义感,他们应该成为建立和维护社会新秩序的领袖。但这些英雄对权威、制度和体制化并不十分向往,英雄追寻的是自尊、自由与独立,是无拘束、无牵绊的另一种社会秩序。所以,英雄只能选择离开,四处行侠仗义，继续惩恶扬善。这表达的是对个体独立与自由的推崇。

这一点非常类似于中国的古之游侠。李白著名的《侠客行》就描写了这样的游侠状态——"事了拂衣去，深藏身与名"，事情结束之后，拂衣而去，什么功名利禄，统统不要。虽然这是李白的一首诗，却真实刻画了古之游侠的风范。在春秋战国一直到魏晋南北朝，都大量存在这样的游侠。上文提到的中国侠客第五个特点"独特"，在美国好莱坞电影所塑造的英雄中也得到了非常完美的体现。

第二，注重行动的武力使用者&勇武的侠客。

英雄主义的内涵有崇高的道德力，超凡的能力，对抗之下的行动力与获胜力。好莱坞电影，特别是现实主义大片中典型的传统式英雄常常是寡言少语，他们不会主动去解释什么，更不会为自己的行为做什么辩护。即便是在遭受误解或者非议的时候，他们坚信自己内心的准则和判断，面对敌人的刀枪甚至战友的流弹一直坚定地坚持下去，很有"虽千万人吾往矣"（《孟子·公孙丑》）的精神。这与侠客的"勇敢""任义"两个特点是非常吻合的，好莱坞大片中的英雄经常也是该出手时就出手，而且不被金钱迷惑，奉行道义，是内在驱动的英雄。尽管外界条件的险恶让他们具备了成为英雄的条件，但归根结底是由内而外的英雄主义焕发，让他们富于行动，敢于出手。

第三，集正义感和使命感于一身的英雄&以侠伸义。

美国好莱坞电影所塑造的英雄个体具有强烈的正义感和使

命感。正义感和使命感不仅是他们的人生信条，也是支撑他们战胜各种恶势力的强大精神动力。当民主和法制不断遭到践踏，当公民的基本生存权利得不到保障，当社会的正义得不到伸张，内心的使命感和正义感会让他们挺身而出，义无反顾地拯救社会弱小的成员，使他们免受各种威胁。这正是侠的基本特点，有仁有义、扶弱济贫、匡扶正义，为了他人舍得金钱甚至生命。

通过打造有这样特点的个人主义英雄，好莱坞电影成功地输出了美国主流价值观与美国梦。电影中的美国梦彰显了美国人乐观、进取、开拓、创新的民族性格，有效建构和表达了各式美国价值观念，并在现实中极具教化影响力。美国电影与价值观是相辅相成、互相建构的关系。

欧洲中世纪骑士与好莱坞电影所塑造的英雄，尽管与中国侠客有非常相似的地方，但是区别也非常明显。

[第七]

试说中国式侠义

中国侠客、欧洲骑士以及好莱坞英雄虽有相通之处,但还是有很大区别,对比之下,是有"中国式侠义"之说。

册封与自发

西方的骑士有一个很大的特点就是由领主或者主教册封,否则就不能称为骑士。册封骑士之后,还得有一段誓词,领誓人和宣誓人都要有。

封建领主、主教,或者被册封骑士之人的父亲说:"强敌当前,无畏不惧!果敢忠义,无愧上帝!耿正直言,宁死不诳!保护弱者,无怪天理!这是你的誓词,牢牢记住!册封为骑士!"

骑士的誓词为:

我发誓善待弱者，我发誓勇敢地对抗强暴，我发誓抗击一切错误，我发誓为手无寸铁的人战斗，我发誓帮助任何向我求助的人，我发誓不伤害任何妇人，我发誓帮助我的兄弟骑士，我发誓真诚地对待我的朋友，我发誓将对所爱至死不渝。（张昱琨《君子文化与骑士精神》）

世界名著《堂吉诃德》中的主人公其中一点可笑的地方就在于根本没人封他为骑士，他于是强迫别人封，相当于自封。在西方人看来，自封骑士，这是非常可笑的。

好莱坞英雄和中国的侠客都是自发的。在中国的侠客中，一旦和统治者发生联系，那必然是低档次的侠客，比如清朝侠义公案小说《三侠五义》中的"御猫"展昭，皇帝封他为御猫，是要他扶保朝廷，在清官包拯的指挥下捉拿些反叛的盗贼。展昭这样的侠是缺乏侠客风采的；金庸小说《书剑恩仇录》中张召重那样的本领高强的御林军骁骑营佐领则更是反面人物。令人真正心驰神往的大侠几乎都是江湖侠客。当然，也有庙堂上的侠客，但是他们所扮演的角色是"为国为民"，而不是效忠皇帝。

荣誉与舍得

骑士和中国的侠客，以及好莱坞英雄共同的特点就是不怕牺牲，不怕牺牲背后的动因不同。首先，骑士靠的是宗教的归属，而侠客拥有的是自我良知的抚慰。这一点中国侠客和好莱坞英雄倒是比较一致的，就是自发自为的"任义"，以内在的义为驱动力，骑士则不然，主要区别在于：骑士为个人荣誉而战，义具有很强的功利性，义是一种职责和义务。因为骑士是贵族的一部分，是统治者所册封的，而其本身的荣誉便与册封相关。侠客之义不具有个人功利性，有着深厚的民族文化底蕴，其本质是一种以弱势者为本位的利他的伦理精神，也就是我们上文所说的仁。个人的荣誉，侠客不会非常在意，他帮助别人完全不是为了自己。因为侠的一个素质是无我，他们只去关怀别人，至于自己如何那不重要。这一点侠客与好莱坞英雄是相通的。

宫廷爱情与侠客情怀

到了11世纪后期和12世纪，随着十字军东征运动的进行和其他一些社会、政治和经济上的原因，欧洲内部的冲突逐渐减少，社会比较安定，封建君主和贵族们有了更多闲暇，于是把更多精力放到文化娱乐方面，而赞助和收养诗人、学者、音乐家、艺术家等文化人也逐渐成为国王和高等贵族宫廷中的时尚。于是，出现了一种新的文学——宫廷诗歌——来赞扬和传播这些理想和美德。宫廷文化，特别是宫廷诗歌的核心是宫廷爱情。宫廷爱情一出现就同骑士精神结合在一起，对中世纪禁欲主义形成突破。

宫廷爱情，顾名思义，自然是上流社会的爱情。学者刘易斯认为，在中世纪人看来，"只有高雅的人才懂爱情，但也正是爱情使他们高雅"（肖明翰《乔叟学术史研究》）。被骑士奉为偶像的情人都出身高贵，这些情人有个共同特点：要么寡居，要么是有夫之妇，而且地位一般都比爱慕她的骑士更高贵。像未嫁的公主小姐，变成白天鹅以前的丑小鸭，都一般不入骑士的法眼。比如，著名的圆桌骑士兰斯洛特爱慕着亚瑟王的王后。正是因为身份落差很大，骑士需要时刻鞭策自己，让自己变得更优秀，才能获得爱人的垂青。高文骑士对伊万的一段话很有代表性："一个男人即使追求到了心上人并使之成为妻子，也应该为了她不断让自己变得更好。而且可以明确的是，一旦你从王国的守护者变成一个碌碌无为的人，那么她一定会停止爱你。"（Chrétien de Troyes, *The Knight of the Lion*）

在骑士文学里，深陷爱情的骑士都是他们那些情人的"奴仆"和"囚犯"，心甘情愿地忍受着她们随心所欲的折磨和驱使。在骑士小说中，这些情人经常有一些奇怪的旨意，甚至会有女性为了检验骑士的爱而发动战争，而骑士这时候的选择时常枉顾道义，为了去执行女神的旨意，不惜赴汤蹈火，甚至丧失荣誉，带来生灵涂炭。与西方骑士这种宫廷爱情不同，中国的侠客，特别是古代侠客，绝不会像骑士那样追求女性，为了追求女性而发动战争，那更是"冲冠一怒为红颜"的负面形象。虽然于危难之际拯救女性的英雄救美故事很常见，但是在被救的女性感恩戴德的时候，侠客会义无反顾地离开。这倒不是侠客讨厌女性，而是施恩不图报是中国侠客的基本准则，如果有了私情，就如冯梦龙《赵太祖千里送京娘》中所说："把从前一片真心化为假意，惹天下豪杰们笑话。"京娘要感谢赵匡胤，赵匡胤怎么都不愿意接受，以至于造成京娘不活了。这是中国侠客的特点。

侠客当然也有爱情，特别是20世纪武侠小说中，情成了非常重要的元素。但是侠客也不会刻意追求地位高的女性，骑士小说、诗歌中那种不对等的爱情是被中国传统英雄豪杰看不起的。中国传统文化语境中追求地位高的女性的男人，一般都会被塑造成陈世美那种不光彩形象。好莱坞英雄与西方骑士和中国侠客又有不同。与西方骑士相似的地方是，好莱坞英雄也是敢爱敢恨的，愿意为了爱情奋不顾身。而不同之处在于，好莱坞英雄大都是平民英雄，远离政权和贵族，自由精神与那种宫廷爱情格格不入，所以更显得亲民、接地气。

文学建构与历史现实

这一点是中国侠客与西方骑士、好莱坞英雄的最显著区别，也是为什么中国的侠文化会延绵不绝，而西方的骑士精神会发生中断的原因。春秋战国是礼崩乐坏的时期，在礼和法都不能非常有效地伸义时，侠客出现了。以墨子为代表的墨家，主张"兼爱""非攻"，其实就是侠客的鼻祖。春秋战国时期出现了像朱亥、侯嬴、荆轲这样的侠，在《史记》中都有记载，是历史上真实存在的。《史记》这样被誉为"史家之绝唱"的正史书，有《游侠列传》专门为"以武犯禁"的侠立传。也就是说，在中国，侠客是真正存在过的一个群体，司马迁等人记载了他们的事迹，并将他们身上这种宝贵的精神提炼、升华。这种精神一直影响后世，绵延不绝，除了短暂的中断之外，历朝历代甚至一直到现代，都有侠客或者具有侠客精神的人大量出现。

在侠客发展过程中，先有了侠这一类人，然后提炼精神，脱实向虚，侠客成为一种精神内核，人们具备这种精神之后不论在庙堂还是在江湖，都能够用自己的方式去维护公平正义。这些人在践行侠客精神的时候，又给侠客精神赋予了新的内涵，让侠客有了不同阶段的不同侧重点，形象越来越丰富、饱满。而好莱坞英雄和骑士精神有所不同。好莱坞英雄几乎都是虚构的，是先有了一种想象中的美国精神，然后根据这种精神去塑造典型的英雄形象。这些英雄虽然经历有所不同，但是特质几乎一致，在现实中其实不存在。一方面，好莱坞英雄拥有的超能力，现实生活中并不存在，人们只能在虚构中完成对英雄的想象。另一方面，即便是没有超能力的英雄，也是一种精神寄托和想象，多数没有人物原型。比如《阿甘正传》，阿甘没有原型，只是艺术创造。在富有感染力的视听体验中，很容易对电影中的英雄形象产生共鸣、形成认可，观影者在现实中难以实现的梦想、难以表述的情感得到镜像的宣泄。

骑士精神也是如此。骑士是存在的，但是具备所谓骑士精神的骑士并不存在，骑士精神是人们根据基督教教义所构想出一种符合骑士身份特征的精神，并按照这种构想对骑士进行改造，即便是十字军东征的实践改造之后，那种理想中的骑士也并不存在。所以，不论是骑士精神抑或是好莱坞英雄，都是人们想象出来的理想人格。总结起来就是：中国是先有了侠客，然后有了侠客精神，进而丰富侠客精神。而西方是先有了骑士精神，然后才有了具备部分骑士精神的骑士，最后消亡。好莱坞英雄是先有了人格构想，然后塑造了英雄，现实中也找不到此类英雄。这种理想主义下的精神存在能不能在欧洲、美国的现实生活中立得住，是需要时间检验的。骑士精神就被证明立不住，所以出现了反骑士文学和对骑士精神的解构。好莱坞精神能不能有长久的历史生命力，还真的需要时间去告诉我们答案。而中国的侠义精神的生命力如何，其实也需要中国人在未来的岁月里去证明。

[第八]

侠客与刺客的异同

在历史上,侠客与刺客和死士其实是混在一起的,到底算侠客还是算刺客与死士,有时候不好区分,有时候又泾渭分明,司马迁《史记》中有《游侠列传》,也有《刺客列传》。

侠客即刺客

刺客就是受人之托去杀人的人,但是刺客也是有差别的。比如《史记·刺客列传》中的刺客,某种意义上看其实也多是侠客,毕竟能入司马迁眼的,都不是一般人。

《史记·刺客列传》中记载了五名刺客:曹沫、专诸、豫让、聂政、荆轲。曹沫是鲁国人,鲁国和齐国打仗三次失败,于是鲁庄公害怕,就割让了一些土地给齐国。在齐桓公和鲁庄公要进行签约仪式的时候,曹沫拿了匕首冲上去劫持了齐桓公,齐桓公让所有人都不动,问曹沫要干什么,曹沫说:"齐强鲁弱，而大国侵鲁亦甚矣。今鲁城坏即压齐境，君其图之。"意思是说，齐强鲁弱，您恃强凌弱太过分了。大王您认为该怎么办呢？于是齐桓公答应了把鲁国准备割让的土地还给鲁国。说罢，曹沫就扔下了匕首，面不改色地回到自己座位上。曹沫当之无愧可称为侠客，他说的那番话不仅是为鲁国，更是为全天下的弱国抱不平。

荆轲少年时是一个游侠，好剑术，慷慨豪爽，喜欢结交豪侠贤达之士，在行游到燕国的时候，与会击筑的音乐家高渐离交朋友，并结成知己，还得到隐士田光的赏识。后来秦国灭了赵国，燕国直面秦国淫威。燕国太子丹忧心忡忡，便找到田光，想要派人去刺杀秦王嬴政。田光推荐了荆轲，太子丹嘱咐田光一定要保密。

田光找到了荆轲并告诉他这件事的来龙去脉，并对荆轲说："吾闻之，长者为行，不使人疑之。今太子告光曰，'所言者，国之大事也，愿先生勿泄'，是太子疑光也。夫为行而使人疑之，非节侠也。"意思是说我听说，年长老成的人行事，不能让别人怀疑他。如今太子告诫我，"我们所说的，是国家大事，希望先生不要泄露"，这是太子怀疑我。一个人行事却让别人怀疑他，他就不算是有节操、讲义气的人。于是田光自杀。

荆轲于是去见了太子丹，并给他出主意：要接近秦王嬴政，必须让他相信我，秦国在通缉投降燕国的将军樊於（wū）

期，我拿着樊於期的人头和燕国督亢地图，献图时拔出匕首刺杀嬴政。太子丹却不忍心杀樊於期，于是荆轲自己去找到了樊於期，把这些事情告诉了他，樊於期毫不犹豫地自刎了。荆轲出发去秦国时，太子丹和高渐离为他送行，高渐离击筑，荆轲和而歌，"风萧萧兮易水寒，壮士一去兮不复还"，义无反顾地去了。五年后，燕国灭亡。高渐离藏匿起来，秦王听说他击筑非常好，就把他召进宫。因为他是荆轲的朋友，为了防止他行刺，就把他的眼睛戳瞎了。高渐离在乐器筑里灌了铅，秦始皇近身时他举筑行刺，当然还是没有成功。高渐离也被杀了。这个悲壮的故事里的一连串人都是有故事的刺客，他们明知道行刺是不可能成功的，但是义之所在，虽千万人吾往矣。

《史记·刺客列传》中的人物既是刺客也是侠客，太史公司马迁说："自曹沫至荆轲五人，此其义或成或不成，然其立意较然，不欺其志，名垂后世，岂妄也哉！"从曹沫到荆轲五个人，他们的侠义之举有的成功，有的不成功，但他们的志向意图都很清楚明朗，都没有违背自己的良心，名声流传到后代，这难道是虚妄的吗！

刺客非侠客

春秋战国时期，各国纷争不断，刺客肯定不止司马迁所作传的五位，因为这五位既是刺客，更是侠客，所以其事迹广为流传，司马迁愿意为之作传。并不是所有的刺客都是侠客，或者说，绝大多数刺客都不是侠客，他们只是被人雇用去杀人。像荆轲、高渐离，他们虽然行刺失败了，但是由于有一副侠肝义胆，所以名垂青史。很多刺客，即便行刺成功率极高，行刺的对象非常厉害，但是由于没有侠义，那也是被看不起的。

刘桃枝，南北朝时期北齐第一御用刺客，或者说杀手。北齐王朝非常短命，一共才存在二十七年，北齐皇帝也以荒唐著称，短短二十七年里换了五个皇帝，如果算上被追尊的神武帝高欢（北齐奠基者之一）、文襄皇帝高澄（北齐奠基者之二），刘桃枝历经了七位帝王。刘桃枝专门负责帮皇帝们清理不喜欢的人。刘桃枝杀高德政，杀永安王高浚、上党王高涣，杀太尉赵郡王高叡，杀琅琊王高俨，暗杀咸阳王斛律光……数年后北齐灭亡，刘桃枝也消失了，不知是死是活。关于他的资料，零散记载在《北史》《北齐书》以及《资治通鉴》上。

刘桃枝与专诸、荆轲等人不同，这些人真正做到了"士为知己者死"，他们眼中没有名利富贵，坚守侠士之风，为了酬报知己提拔、栽培、礼遇的恩情，或者为了公平正义的价值观，甘愿去蹈死，做看似不可能完成的任务。而刘桃枝只是鹰犬，是执行别人的命令。他的特性是，武艺好力气大，主子出现在哪里他就在哪里，主子叫他打谁杀谁他就二话不说去执行。他只忠于在位的主子，不论是谁，只要谁是大王谁是皇帝，他就效忠谁。多少次政治风波，多少次皇位更替和血腥杀戮，倒下一批批重臣，甚至内廷侍卫、将领，只有他安然无恙，从来不被任何新主子追究，继续安享荣华。

刘桃枝是台高效的杀人机器，在中国侠客语境里，刘桃枝根本不入流，也就不被人知道。清朝大学者洪亮吉曾写过一首顺口溜叫《刘桃枝》：

> 刘桃枝，信力士，所为如此事。永安耶，铁笼死。平秦耶，露车死。赵郡耶，雀离死。大明宫里呼家家，肠肥腊满悲琅琊。桃枝桃枝技还绝，飞向青天斩明月。刘桃枝，慎勿过。君如鸺鹠见者祸，呜呼尔首何时堕。

讽刺他虽然成功刺杀了很多人，但是还是希望你刘桃枝早点死。各国史料均记载有刺客的事迹，近现代也同样有刺客活动，但是这些刺客没人认为他们是侠，只是鹰犬罢了。

[第九]

有侠有义有青春

躁动不安、朝气蓬勃、青春气息,尽管可能不够完美,但比之成熟稳重、老成持重、老谋深算、算无遗策其实更加令人向往。有青春才有侠义、有青春才有未来,侠义和青春往往相伴而生、而行。同时,侠义对社会和周围人形成的直接影响,其实与领导力形成的直接影响很相似。按照交易型领导力理论:是否拥有追随者,是评判一个人是否拥有领导力的唯一标准。行侠仗义而后受人拥戴、拥有追随者,是人人皆知的套路,从形式看侠义与领导力二者是强相关的。所以"侠义—青春—领导力—未来"息息相关。

有侠义有青春

青春是一种素养。一个勇敢担当、见义勇为、有仁有义的人,哪怕已经五六十岁,我们都认为他很青春。李白《将进酒》"千金散尽还复来",写这首诗的时候李白已经四十多岁了,可是我们觉得他是那么富有朝气和青春气息。侠客,这个形象一定是具有青春气息的,我们对于英雄的遐想和崇拜,其实并不会因为英雄的年龄增加而消失。我们认为荆轲是侠客、是英雄,荆轲在我们心中的形象一直是吟出"风萧萧兮易水寒"的青春勇士,而不是离我们已经两千多年的老朽。汉末三国,有很多中国人非常熟悉的名字,后面会讲到的都以侠义而闻名,曹操、孙坚、鲁肃等,侠义之名史有明载,可是跟他们同样有侠义之名,甚至侠义之名更早、更胜,一时的功业也更辉煌的,其实还有两个人:袁术和袁绍,但是这两位的侠义跟青春一同逝去,留给历史的只有卑琐的笑话,因为他们的侠义精神与他们的年龄一同老去了,而曹操们的侠义却没有随时间而去,所以真正的侠义精神不会随着时间推移而衰败,相反,会因为时间久远而愈加绵长。

梁启超有一篇非常著名的文章《少年中国说》,写这篇文章是在1900年,那时候《马关条约》已经签订,戊戌变法失败,八国联军打进北京,中国社会非常黑暗,人民麻木愚昧。国家面临深重的灾难和危机,志士仁人在努力寻找救亡图存之道。梁启超找到了其中一个重要问题——国家从朝廷到人民,都失去了青春气息、少年气象,变成了"老大之国"。《少年中国说》问:"我中国其果老大矣乎?"我们中国真的是老大之国、没有青春吗?不是的:

> 秦皇汉武，若何之雄杰；汉唐来之文学，若何之隆盛；康乾间之武功，若何之烜赫。历史家所铺叙，词章家所讴歌，何一非我国民少年时代良辰美景、赏心乐事之陈迹哉！

我们有非常辉煌的历史，有秦皇汉武的文治武功，有汉唐文学的雄风，那时候的中国，是少年之国。而后来，因为我们自己精神堕落了，于是沦为老大之国，被列强侵略欺辱。

古代中国也有老大之国和少年之国的差别：

> 文、武、成、康，周朝之少年时代也。幽、厉、桓、赧，则其老年时代也。高、文、景、武，汉朝之少年时代也。元、平、桓、灵，则其老年时代也。

在周朝，文王一直到康王时期是周的少年时代；到了幽王、厉王，中国便沦为老年之国。在汉朝，武帝之前，中国是少年时期，桓灵之时成了老年。侠义首先是心中具有装着别人、怀着仁义的格局，这个阶段是为了进入下个阶段，侠每个阶段都本着仁义的精神真诚地对待世界、对待自己，所以每个阶段都非常充实。侠有一个基本的原则就是"自掌正义"：我在这个阶段的成绩和收获不需要通过进入下一个阶段来证明，我只要做到了仁义，力所能及地服务社会、帮助他人、充实自我，那么就是成功的。所以侠义在则人之青春常在，国家之气象亦复如是，要想复兴振奋，就一定要重振少年气象。

侠义与领导力

领导力概念和理论提出已经超过一百年，形成的理论体系已经非常丰富，比如，特质论、行为论、情境论，愿景型、交易型、变革型等。美国历史学家麦格雷戈·伯恩斯指出领导力与权力的不同：权力的行使者动用自己的资源向权力的接受者施加影响，是为了实现自己的目标；而领导力的发挥者则不同，他是为了实现领导者和接受者共同的目标，领导者不会为了自己的目的而抹杀追随者的目标，而单纯的权力行使者把权力的接受者视为物，而物是没有目标的，领导力的行使者尊重追随者，把他们视为人。因为这个原因和逻辑，所以领导者获得追随，而不仅仅像权力行使者因施加利益和恐惧而获得别人的服从。因为同样的逻辑，侠义的行使者相对领导力的行使者，目的更加纯粹、更加忽略功利性，理应获得更加密切的追随。所以，从交易型领导力的角度说，侠义是获得领导力的其中一个源头。

领导力的产生因素复杂，侠义是其中的一个要素。你到任何一个企业中去访谈员工，问他们追随于某人的原因，够意思、讲义气是会收获的一个高频词，没有担当、不为员工扛事，不懂得先付出的领导，是不会有追随者的。比如《水浒传》中的宋江，统领那样一个庞大、复杂、狂暴的队伍，他的领导力是组合式的，他有个人魅力，有因情境而变的行为，也有被招安的愿景，但这些都只能影响一小部分人，能够真正影响大多数人的，还是靠一个"义"字。所以侠义既是领导力的一个源头，也是复杂领导力的其中一个重要因素。

无侠义则必无领导力。侠义是拥有领导力的必要条件，是领导力不可或缺的要素。侠义是利他的、勇敢的，完全不能被他人感受到勇敢和利他性的人，必然给人自私、懦弱、卑琐的感觉，如果不拥有权力和资源、没有利用价值，则必然被别人无情嘲讽和抛弃，如果拥有权力和资源，或者有被人利用的价值，在这些外在的东西消耗完后，其人也必然被人抛弃，自始至终是不会拥有领导力。同时，精致利己主义与侠义也是根本对立的，精致利己主义者不可能有领导力，为自己的事情，事事算得特别清楚认真的人，不管他是什么学校毕业的，抑或是他有多高的职位、多高的智商、多么丰富的经历、丰厚的资源，皆不可能拥有真正的领导力。这个逻辑上升到团队、组织乃至国家层面也是如此，个人主义、利己主义横行，不讲侠义、以邻为壑、自私自利，将会导致团队、组织或国家领导力的下降和丧失，不管他们曾经如何辉煌过。

有侠义有未来

侠义是青春活力的体现，是影响力、领导力之源，自然也是希望之所在，不论个人、团队、组织，还是民族、种族、地区，乃至国家、世界莫不如是。没有侠义的人、团队、组织、民族、种族、地区和国家乃至世界就没有青春活力，只能令人悲观绝望，径直走向衰亡。

美国的历史很短，因此相对而言，美国向世界展现的青春期更近、印象更令人深刻。当美国逐步从世界边缘走向中心时，时常带着英雄主义色彩。在两次世界大战中，美国都站在正义的一方。特别是第二次世界大战，在法西斯实力仍然占据优势的情况下，美国投入反法西斯战争，尽管更多的是为本国考量，但肯定也有路见不平拔刀相助的侠义成分。这时候美国得到多数国家的拥护。

1900年俄、德、法、英、美、日、意、奥八国与清政府开战，最后清政府战败妥协签订了《辛丑条约》。《辛丑条约》第六款议定，清政府赔偿俄、德、法、英、美、日、意、奥八国及比、荷、西、葡、瑞典和挪威六"受害国"的军费、损失费四亿五千万两白银，赔款的期限为1902年至1940年，年息四厘，本息合计为九亿八千万两，这就是"庚子赔款"。这在当时对十四个国家的每一个都是笔巨款。其中美国应得到三千两百多万两，折合美金两千四百多万元。1906年3月6日，美国传教士明恩溥到白宫进谒罗斯福总统，建议总统将中国清政府的庚子赔款退还一部分，专门开办和补贴在中国的学校。1907年明恩溥发表《今日的中国和美国》一书，他在书中指出，应该多让一些中国知识分子去美国留学。在明恩溥等人的推动、鼓吹下，罗斯福给国会提出了一个咨文，指出：

> 我国宜实力帮助中国厉行教育，使此巨数之国民能以渐融洽于近世之境地。援助之法宜招导学生来美，入我国大学及其他高等学社，使修业成器，伟然成才，谅我国教育界必能体此美意，同力合德，赞助国家成斯盛举。（〔美〕庞忠甲，〔加〕陈思进《美国凭什么》）

1908年5月25日，美国国会通过罗斯福的咨文。1924年，美国国会通过决议，将其余的庚子赔款也用于中国，成立"中国文教促进基金会"。美国的退款，产生了很大的国际影响力。第一次世界大战爆发后，北洋政府于1917年8月对德奥宣战，并停付庚子赔款。大战平息后，中国也取得战胜国地位，各国都表示愿与中国"友好"，以便用和平的办法维护和扩张其在华利益，都紧步美国的后尘，除了日本，大都放弃庚子赔款余额或退回了部分赔款，退款被广泛地应用到中国的教育文化事业和实业中。尽管当时美国伊里诺大学校长詹姆士给罗斯福的一份备忘录中称：

> 哪一个国家能够做到教育这一代中国青年人,哪一个国家就能由于这方面所支付的努力,而在精神和商业上的影响取回最大的收获。……商业追随精神上的支配,比追随军旗更为可靠。(华锐编著《中国企业精神》)

赔款的退还或多或少也是为了培养"精神美国人",但是我们应该承认其对中国深远的现实意义,当时美国的行为,无疑带着一定的利他性和侠义色彩,相较于那十三国,美国更像一位侠义的青春少年。

据媒体报道(辛灵《奥德赛VS西班牙政府:五亿美元的银币争夺战》),2007年位于佛罗里达的美国深海探险公司奥德赛海洋勘探公司在直布罗陀海峡西面的英国海域找到了1804年沉没的一艘西班牙船只,并从其残骸中打捞了五十多万枚银币和其他器物,价值超过五亿美元。西班牙政府随即向美国法院上诉,要求将所得归还西班牙。2012年联邦最高法院判决西班牙政府胜诉,裁定奥德赛公司应将上述财物归还西班牙。当年我看到这条新闻时,第一感觉就是:美国人够侠义!美国仍然还是蒸蒸日上的青春之国。然而,今日之不断退群、推责,打压、刁难竞争对手,甚至祸害盟友都不眨眼,侠之气息荡然无存,留给人一个迅速衰老离去的背影。希望能看到美国的美好未来。

㈢ 下篇 侠义三千年

中国近三千年来作为精神和行为的"侠义",以及作为载体的"侠客"中间有很大变化,这些变化有一定规律可循,在发展历程中侠的文化内涵在不断丰富和更新,每个时期都有特定的表现形式和典型人物。我简单捋了一个表。

时代	代表	身份	载体	特征
春秋战国	墨子、专诸、侯嬴、朱亥、程婴	游侠/刺客	正史	侠之尊者 公平正义
西汉	朱家、剧孟、郭解	游侠	正史	
东汉、三国、魏晋南北朝	郅恽、曹操、鲁肃、典韦、祖逖、周处	少年游侠 后来从政	正史	侠之大者 为国为民
隋唐之际	李渊、李世民、平阳公主		正史	
唐朝	李白、王维、虬髯客、聂隐娘等	诗人/ 虚构游侠	诗歌/ 唐传奇	侠之仙者 诗酒人生
宋朝	王克明、曹偕、苏轼、陆游、辛弃疾、狄青、岳飞	儒生	正史/ 诗歌/ 笔记	侠之儒者 剑胆琴心
元朝、明朝	拖雷、于谦、杨涟、朱舜水、王阳明、五人墓主	官员/ 思想家/ 平民	正史	侠之大神 思想巨匠
明朝	《金瓶梅》《水浒传》	五行八作	小说	侠之气者 恩怨江湖

续表

时代	代表	身份	载体	特征
清朝	《三侠五义》《小五义》《施公案》	清官与侠客	小说	侠之归者投靠朝廷
清末至民国	戊戌六君子、林觉民、秋瑾	官员/民族英雄	正史	侠之复兴救亡启蒙
民国至今	《江湖奇侠传》《蜀山剑侠传》《卧虎藏龙》《射雕英雄传》《天龙八部》	虚构游侠	小说	侠之玄者葵花宝典

总的规律就是，从春秋以迄当代"**侠客**"**脱实向虚，故事化**；"**侠义**"**文学化、内化为精神**。传统意义上的侠客随着时间的推移，日渐减少，而传说和故事日渐增多，侠客最后只存在于文学作品和坊间传说，但是这不妨碍人们对于侠义的向往，也不妨碍侠义精神深深根植于人们心里，用各种不同的形式表达出来。这在脱实向虚的过程中不仅影响了历史发展，也影响了文学创作的发展，是中华传统文化重要组成部分。

[第十]

侠之尊者,公平正义

春秋与战国

墨子 —— 兼爱非攻的侠之尊者

在中国说侠客,基本上多数人都认同墨子为侠客之祖 —— 侠这个行当的祖师爷。《墨子·公输》体现了墨子的兼爱、非攻思想及其侠义精神。"公输盘(bān)为楚造云梯之械,成,将以攻宋。子墨子闻之,起于鲁,行十日十夜而至于郢,见公输盘。"公输盘在给楚国制造云梯等设备,制造好了就去攻打宋国。墨子听说之后,从鲁国出发走了十天十夜到了楚国的都城郢,去见公输盘,预说服楚国不要攻打宋国。墨子不光有行侠仗义的精神,还有雄辩的口才,总能让人哑口无言。但是,事实证明,光有口才还不够。楚王对墨子说:"你说的都对,但是公输盘都做好云梯了,不管怎么样我还是要打宋国。"于是墨子又与公输盘进行了云梯登城演练,最后公输盘的攻城器械都用光了,墨子的守城器械还很多,公输盘认输。但是公输盘说:"我知道什么办法能打败你,但是我不说。"墨子对答:"我知道你所说的办法是什么,但是我也不说。"楚王不懂他们的意思,墨子说:"公输子之意不过欲杀臣。杀臣,宋莫能守,乃可攻也。然臣之弟子禽滑(gǔ)厘等三百人,已持臣守圉(yù)之器,在宋城上而待楚寇矣。虽杀臣,不能绝也。"意思是:"公输盘的意思不过是杀了我。杀了我,宋国肯定守不住,就可以打了。但是我的弟子禽滑厘等三百人已经拿着我的守御器械在宋国城上等待楚国的侵略军。即便杀了我,你们也打不下宋国的。"于是楚王决定不再攻打宋国。

这段历史被鲁迅改写成为一篇小说《非攻》,并收录在小说集《故事新编》中。鲁迅赞扬墨子不畏强权、不求回报地维护公平正义的侠义精神。有人说"侠之大者,为国为民"是侠的最高境界。我认为在那个层次之上,应该还有个等阶,我把这个等阶给予墨子,就是:侠之尊者,公平正义。公平正义是抽象的价值观,比具象的为国为民高一个等级。墨子冒着生命危险去楚国游说,并不是为了得到宋国的什么回报,也不是为了哪一国的利益。在墨子眼中,国家利益之上,还有一个更高的准则——公平正义。墨子虽然是宋国人,但是长期在鲁国生活,也没有和宋国有特别的往来。墨子之所以阻止楚国攻宋,纯粹因为看不惯恃强凌弱的不义之战——宋国没有做错事情,楚国仅仅是仗着自己国力强盛、武器先进,就去侵略他国。墨子凭借着自己的三寸不烂之舌,以及防御作战的高超本领,阻止了这次不义之战。

成功阻止了对宋国的进攻之后,照理说墨子是宋国的功臣了,但是墨子并没有去宋国邀功领赏,而是像什么都没发生一样。墨子回去时路过宋国,甚至连避雨都找不到地方("子墨子归,过宋。天雨,庇其闾中,守闾者不内也")。但是他一生都坚持这种行侠仗义的行为,而且从不到处宣扬("治于神者,众人不知其功;争于明者,众人知之")。尽管墨子经常不宣扬、不邀功,但是毕竟墨子以及他的弟子在思想、实践方面都做了大量工作,所以春秋战国时期墨家影响力一直在逐渐增加。在墨子晚年,有了儒墨齐名的盛况。墨子死后,墨家弟子仍"充满天下""不可胜数"。战国时期虽有诸子百家,但"儒墨显学"是百家之首。墨家思想除了"兼爱""非攻",还讲"尚贤""不义不富,不义不贵,不义不亲,不义不近",主张一切以义为衡量,应让不义的人得不到富贵、没有地位、没人愿意亲近。

墨子不仅这样说,而且还去身体力行。墨子和他的组织——墨门,多年一直在列国间游走,专打抱不平。强者要欺凌弱者、攻打弱者,弱者找到墨门,墨门会拔刀相助,带着他的团队,免费来帮助,并且死不旋踵——没有怕死的孬种。《颜氏家训》中评价墨家说,"墨翟之徒,世谓热腹",鲁迅先生说,"孔子之徒为儒,墨子之徒为侠",哲学家冯友兰说,

"墨者之行为，与所谓侠者相同"，道出了墨家行侠仗义、古道热肠的品行，将侠义精神提升到了一个高度。墨子是公认的侠之尊者。

行侠只因为知遇

春秋战国时期的侠客故事最多，比如专诸。专诸的行为虽然涉及政治，但是他并不是为国为民，吴王僚也不是什么十恶不赦的暴君。专诸只是为了帮助公子光夺回逻辑上、理论上，也就是"义"上应该属于他的王位，帮着公子光把他的堂弟吴王僚刺杀了。所以，他的行为也是为了公平正义。现实中仅仅有公平正义，其实还缺少点什么。像墨子那样兼爱非攻的大侠毕竟是少数。求侠客办事的那一方，虽然打着公平正义的旗号，或者客观上需求合情合理、合于义，也往往需要有对侠客的情感投入，最终是公平正义和知遇之恩的结合，才使侠客出手搞定一切，也即"士为知己者死"。

《史记·魏公子列传》中著名的《信陵君窃符救赵》，就讲述了这样一个故事。侯嬴是一个隐士，固守清贫，在魏国大梁城看大门。信陵君素有礼贤下士之风，听说了侯嬴之事，要接济其钱财，被侯嬴拒绝："臣修身洁行数十年，终不以监门困故而受公子财。"信陵君很欣赏侯嬴，待之为上宾，甚至还为他驾车。侯嬴通过长久观察信陵君，发现他是真正礼贤下士，便认定了他，还向他推荐了朋友屠夫朱亥。信陵君对待朱亥，仍然是彬彬有礼、谦逊恭敬。朱亥一开始并没有用常规礼节回报信陵君,让信陵君心里觉得怪怪的。后来的事实证明,这才是真的侠客。

秦国攻打赵国,包围了都城邯郸,赵国的平原君向信陵君求助,请魏国出兵帮助赵国解围,而魏王出于种种考虑却不敢出兵。这时候侯嬴和朱亥,为了报答知遇之恩,为了心中的公平正义,不顾生命危险,策划行动并帮助信陵君窃取了兵符,朱亥还到将军晋鄙的营帐,用铁锤击杀晋鄙夺得军权,信陵君得以带领军队成功救了赵国之围。听说信陵君捶杀晋鄙、夺得魏军军权后,侯嬴选择了自杀。朱亥后来奉璧使秦之时,为秦国所俘,宁死不从。二人以死来全了与信陵君这段难得的恩遇。窃符救赵这个行为,失败概率很大,而且即使成功了,也难以继续在魏国存身。但二人认定救赵这个行为正义,同时为报答信陵君知遇之恩,将生死置之度外,完成了这个艰巨、看似不可完成的使命。

侯嬴、朱亥内心强大。侯嬴是一个有能力、有胆识的人,而几十年甘守清贫。他见到信陵君时已经七十多岁。侯嬴试探信陵君诚意时,摆出倨傲姿态,不惜让人骂自己是小人("市人皆以嬴为小人,而以公子为长者,能下士也")。朱亥开始对信陵君的礼遇表现很冷淡,连常规的礼节都没有。然而朱亥参与窃符救赵时说了一句:"臣乃市井鼓刀屠者,而公子亲数存之,所以不报谢者,以为小礼无所用。今公子有急,此乃臣效命之秋也。"意思是:"我是市井中的屠夫,而公子却好多次去寻访,我之所以当时没有说感谢之类的话,是因为那些小的礼节都是没用的。现在公子有急事,这是我豁出性命去帮助公子的时候。"所以,真正的侠不是口头上的。侯嬴、朱亥不是《游侠列传》的重要人物,只是寥寥数语的配角。侯嬴、朱亥的侠义故事被后世很多诗人写进诗歌里,比如李白的名篇《侠客行》就写道:"闲过信陵饮,脱剑膝前横。将炙啖朱亥,持觞劝侯嬴。三杯吐然诺,五岳倒为轻。"意思是:想当年,侯嬴、朱亥与信陵君结交,与之脱剑横膝,一起吃肉、喝酒。三杯热酒下肚,便慷慨许诺,愿为知己两肋插刀,重诺之举让五岳都显得轻了。

舍得的境界

有一出剧叫《赵氏孤儿》出自《史记·赵世家》,被纪君祥改编为元杂剧,后来京剧、豫剧、越剧、昆曲等剧种都有这一出,它还被改编为电影、电视剧,甚至还被法国作家伏尔泰改编为话剧在巴黎上演。说的是春秋时期程婴和公孙杵臼两个人保护赵氏孤儿的故事。赵氏的仇人、晋景公的宠臣大夫屠岸贾(gǔ)要对赵家斩草除根,在没有请示晋国国君的情况下,在下宫(地名)杀了赵朔、赵括、赵婴齐,并且都灭了族。

赵朔的妻子——晋成公的姐姐藏匿起来,她怀着遗腹子。赵朔的门客公孙杵臼对赵朔的朋友程婴说:"你还不自杀吗?"

程婴说:"赵朔的妻子还有个遗腹子,如果得幸是男孩,我就把他养大。如果是女孩,我再死也不迟。"孩子生下来后果然是男孩,屠岸贾知道了这件事,派人来搜查,第一次没搜出来。程婴说:"他这次没找到,之后肯定会再来找的,怎么办呢?"这时候公孙杵臼问了一个问题:"立孤与死孰难?"就是说,把这个孤儿养大和死,哪个更难?程婴说:"死易,立孤难耳。"公孙杵臼说:"赵氏先君遇子厚,子强为其难者,吾为其易者,请先死。"就是说:赵朔厚待于你,你就勉强做那个更难的事情,我做那件简单的事,由我去死。

于是他们演了一出戏:把赵氏孤儿藏匿到山里,而找来另外一个婴儿交由公孙杵臼看护。程婴则出首,假装告密领赏,于是屠岸贾把公孙杵臼和婴儿杀了,真正的赵氏孤儿已经被"告密者"程婴藏起来了。程婴负着背信弃义的骂名忍辱负重、苟且偷生,含辛茹苦把赵氏孤儿赵武抚养长大。赵武行冠礼后,程婴对赵武说:"昔下宫之难,皆能死。我非不能死,我思立赵氏之后。今赵武既立,为成人,复故位,我将下报赵宣孟与公孙杵臼。"当年下宫之难,都能死,我也不是不能死,可是我想立起赵氏的后人。现在你已经成人了,恢复了昔日的地位,我就要去九泉之下报与赵盾(赵盾是赵朔的父亲,谥号宣孟)与公孙杵臼了。于是程婴自杀。

这个故事中讲了舍得的两个最高的层次。前面讲侠的特征之一是舍得,舍得钱财、舍得人,甚至舍得生命。赵氏孤儿的故事里，公孙杵臼就是舍得生命，以全他与赵朔的恩遇。而更为难得的是程婴。程婴在抚养赵武长大的十五年中，背负着出卖朋友、告密、忘恩负义的骂名，可以说生不如死。如果程婴当年和公孙杵臼一起赴死，也并不辜负他和赵朔的义，但是程婴选择了更艰难的道路——舍得自己的清白，十五年如一日，忍辱负重，最后从容自杀以报公孙杵臼。文天祥的《过零丁洋》中有名句："人生自古谁无死，留取丹心照汗青。"人人都有一死，只要留下一颗丹心载入史册，就是死也值了。很多英雄甘愿牺牲，以死来留下清白在身后，这已经是高境界了。连清白都能舍去，那是大侠才能做到的。诚如老舍《骆驼祥子》中的一句话：最伟大的牺牲是忍辱。

程婴就是这样的大侠。

秦汉闾巷之侠

秦汉鼎革之际也有很多大侠，比如说朱家、剧孟、郭解等，他们的事迹均载于《史记·游侠列传》，司马迁都给予了很高的评价。

其一，朱家。朱家是鲁国一个非常有名的侠客，他经常赈济贫穷的人。自己家里没什么财产，所穿的衣服都是褪色的，吃得很简单，出行乘坐的都是小牛车（"家无余财，衣不完采，食不重味，乘不过軥牛"）。朱家专救别人的急难，甚至把别人的急难看得比自己的事情还重要("专趋人之急,甚己之私")。朱家帮助过数以百计的人,最著名的一个人就是季布。

我们都知道"一诺千金"这个成语,就来自季布:得季布一诺,胜得千金。季布是项羽手下的名将,曾经多次击败刘邦。后来项羽战败乌江自刎,刘邦平定天下。刘邦想到自己多次被季布打得狼狈不堪,于是发布通缉令:敢藏匿季布者夷三族——父族、母族、妻族,三族杀光。季布化装成奴隶把自己卖给了朱家。朱家知道季布的真实身份,但他没有去刘邦那里举发。而是通过关系找到刘邦近臣腾公夏侯婴,请他去跟刘邦进言,说服刘邦宽恕季布。刘邦也是豪杰,天下大定,和项羽逐鹿中原的事情都过去了,季布这个人本身名声很好、能力又强,属于德才兼备的国之干城,于是刘邦很大度地宣布了特赦令,季布出来自首,然后刘邦重用了季布,当了很大的官。季布一直想感谢朱家,但是朱家始终是避而不见("及布尊贵,终身不见也")——你来我就走,反正你就是找不着我。

其二,剧孟。剧孟是吴楚七国之乱的时候,出现的一个著名的大侠。七国之乱前他在社会上名气已经非常大了,平时的所作所为大体与朱家相似。汉景帝时期,吴楚等七国联合造反,造反军已经快抵达剧孟家乡。太尉周亚夫率军抵挡,他到了前线以后发现,吴楚七国这帮笨蛋竟然没有去求助剧孟!周亚夫大喜——剧孟都不想着笼络,那你们造反还能成功吗?("吴楚举大事而不求孟,吾知其无能为已矣")这坚定了周亚夫必胜的信心。为什么呢？因为周亚夫认为剧孟这个大侠，一个人就可以抵得上一个诸侯国！剧孟的影响力从一个侧面可以反映出来——剧孟母亲去世时，远道来送葬的有上千辆马车（"剧孟母死，自远方送丧盖千乘"）。吴王刘濞这帮人竟然蠢到不寻求剧孟的帮助，把剧孟这个人留给了周亚夫。后来周亚夫拜访剧孟、拉他入伙，最终击败了七国。剧孟去世的时候，家里连十两金子都没有（"及剧孟死，家无余十金之财"）。

其三，郭解。郭解（xiě）是汉武帝时候的一个大侠。他年轻时放荡无赖，一不高兴就杀人（"少时阴贼，慨不快意，身所杀甚众"）。但是年龄越来越大，他修炼得越来越好，以德报怨，施出丰厚而无所求（"厚施而薄望"），因此得到了很多很多人的敬仰，有很多追随者。郭解特别公正。他外甥被人杀了，他姐姐来哭诉，让郭解去报仇。郭解没有莽撞行事，而是先去弄明白，错误在他外甥而不在对方，所以他劝解姐姐，不再报仇。

郭解的名声越来越大，但是他并没有因为名声大而横行霸道。郭解每次出行，人们都避开走，只有一个人傲慢地看着他。门客准备杀了这个人，郭解却说："居邑屋至不见敬，是吾德不修也，彼何罪！"就是说："住在家乡不受人尊敬，是我的德行不好，他有什么罪呢！"他甚至暗中吩咐县尉给那个人免去徭役。那个人知道了之后，非常感动，袒衣露体去向郭解谢罪（"箕踞者乃肉袒谢罪"）。其他人听说这件事后，对郭解更加仰慕。

郭解影响力越来越大,就发生了一些他无法把控的事情。有一次轵县有儒生陪侍使者坐,座中的客人称赞郭解,这位儒生说:"郭解专以奸犯公法,何谓贤!"就是说郭解这个人专门作奸犯科,哪能称为贤!这话让郭解的一个粉丝听见了,于是就去把这儒生给杀了,把舌头也割断了。这事闹大了,有人告到皇帝那里,御史大夫公孙弘说:"解布衣为任侠行权,以睚眦杀人,解虽弗知,此罪甚于解杀之。当大逆无道。"意思是说:皇上,看问题要看本质啊,这不是谁杀人的问题,虽然人不是郭解杀的,甚至可能也不是他指使的,而这一事件恰恰说明郭解的影响力太大、要影响政权稳定了,这比他亲自去杀人性质还要恶劣!最终郭解一家都被杀掉了("遂族郭解翁伯")。郭解事件是侠客史上——如果有侠客史、侠义史的话——一个重要的节点,意味着政府对侠客的制约达到了一定程度,这是一个标志性事件,从此当侠客也要考虑政治了,就进入了下一个发展阶段。

秦汉之际,侠客的身份也是以游侠为主,但都是属于有产阶级。他出去行侠仗义是"游",而多数都是家里有大量财富的人。

内敛与施恩不图报

秦汉之际的侠客有一个很大的特点,除了前面讲的五个特征以外，还有一个特点——就是特别内敛、特别怕帮助过的人知道而回报自己，坚决彻底地施恩不图报。对别人好，帮了别人，生怕让别人知道，我帮助你不是为了让你回报我，而且尽量不让你知道是我帮助的而来回报我。这一点其实在中国侠客的基本特征中有体现，但是在秦汉之际的侠客身上表现得尤为明显。

这个特点深讲起来非常了得：孔庆东老师说，雷锋其实就是当代的大侠，侠义精神就是雷锋精神，雷锋做好事不留名就是侠义精神的体现。我同意这个观点，这个观点通俗易懂、结合现实。其实还可以这么理解：某方人氏埋汰中国人没有真正的这个、那个，比如，哲学、逻辑学、宗教、普世价值等。传得多了、时间长了，我们自己好像也信了。我们需要静心思考一下，是不是真的没有？还是这百多年来，我们先是太凌乱，现在又太匆忙，顾不上整理和表述、有所忽略和忘怀，需要复苏和复兴呢？复兴梦是不是应该包含这些呢？这是真正严肃的关于文化自信的问题。

很多人说中国没有慈善，于是我们真的以为中国人天生自私，不做慈善。然而我们翻开《史记》，以及其他二十三史，以及古代的许多笔记、小说，认真去读你就会发现：那里面的侠义行为不就是慈善吗，甚至其境界高于西方现代所谓的慈善事业。现在很多人做慈善或者为了避税，或者为了宣扬自己的名声，把自己拔高到道德制高点上，进而达到其他目的。这不是真正的慈善，这是利用慈善邀名邀功，最终是有所求。

　　我曾经看过曹德旺讲慈善的节目，很认同他的一个观点：真正的慈善是一种精神，不应有功利目的，不应用物质衡量，要不留痕迹，出于宣传目的的慈善是伪善；设身处地、不留痕迹的慈善才是真善。这种品质放在欧洲应该就是骑士精神或者贵族精神，放在新兴的美国就是某方人口中所谓的"普世价值"。而在中国，那当仁不让就应该叫"侠义"。有没有侠义、收不收好处费，这也是侠客和刺客、死士的本质区别。

　　从春秋到秦汉，这个时代的侠客就具备这特点，配得上侠之尊者的称号！

太史公秉笔书侠义

　　如前所述，"侠"这一概念或最早见于《韩非子》。在"礼崩乐坏"的春秋战国时期，侠已经大量存在了。但是这一时期的著作，不论是《左传》还是《战国策》，对侠都没有十分精准的描写，也没有精神的提炼。比如对于赵氏孤儿事件，《左传》和《史记·赵世家》的记载就有明显的区别：《左传》没有《史记·赵世家》中的最核心侠义人物：程婴和公孙杵臼。也许史学家有其解释的角度，但是从侠文化这个角度解释，那就是《左传》并没有重视侠义这种特质，因而也就不认为这两个人物值得记入历史。直到《史记》，"侠"的基本特征就被相对完整地勾勒出来了。我们后人谈及所谓"武侠""侠义""侠客"的概念及由此概念想象出的形象，基本上是太史公奠定的。司马迁在《游侠列传》里总结了侠的特点："其言必信，其行必果，已诺必成，不爱其躯，赴士之厄困，既已存亡死生矣，而不矜其能，羞伐其德，盖亦有足多。"

侠的特点有言必信、行必果，答应的事情一定做到而甘愿牺牲自己，去救济别人的艰难困苦，历经生死，却不宣扬夸耀自己的才能，羞于表彰自己的德行。司马迁在《太史公自序》里面写到了《游侠列传》的写作动机："救人于厄，振人不赡，仁者有乎；不既信，不倍言，义者有取焉。"这句话也很精准概括了侠的特点：仁义，信义，不宣扬自己，义字当头。

其实不光是《游侠列传》，《刺客列传》以及其他人物的传记中都有侠的影子。司马迁对侠客为社会、历史做出的贡献给予了非常高的评价：

> 布衣之徒，设取予然诺，千里诵义，为死不顾世。此亦有所长，非苟而已也。故士穷窘而得委命，此岂非人之所谓贤豪间者邪？诚使乡曲之侠，予季次、原宪比权量力，效功于当世，不同日而论矣。要以功见言信，侠客之义，又曷可少哉！(《史记·游侠列传序》)

意思是说：这些出身平民的游侠之士，一旦许下或取或予的诺言，便千里仗义而行，为别人赴死而不顾世俗议论。这也是他们有所长的地方，并不是随随便便而能办到的。所以有人在他们困窘的时候是能够向游侠以性命相托的，这难道不是人们所说贤能、豪杰一类的人吗？如果让乡间小巷的侠士与季次、原宪他们比较权力，那不能同日而语。但是从对信义等精神层面的功劳来看，侠客的正义行为所起的作用，又怎能轻视呢！

司马迁用如椽之笔，将侠的精神升华、提炼。后世得以形成与其他国家不同的侠文化，真的要感谢司马迁和他的《史记》。

[第十一]

侠之大者,为国为民

从公平正义到为国为民

史学界和文学界一般认为:司马迁的《史记》,班固的《汉书》,范晔的《后汉书》和陈寿的《三国志》这"前四史"的史学价值和文学价值是最高的。侠文化起于春秋战国,发展到魏晋南北朝及隋唐之际成为一个阶段,在这一阶段中侠是被正史所记载的,多数都有真实的人和事。这个阶段又可以分为两部分:"侠之尊者,公平正义"及"侠之大者,为国为民"。为什么将其分为两部分呢?我们认真读就会发现"前四史"对于侠的描述有一些变化:

其一,只有《史记》和《汉书》中有专门的游侠传,《后汉书》和《三国志》都没有这部分;其二,关于游侠的评价,价值观和叙述语气已经出现分歧。《史记》中对于游侠,基本持肯定态度。而《汉书》中班固虽然追随司马迁为游侠作了传记,还增加了萬章、楼护等人的任侠行为,但是其观点已经发生了改变。班固认为侠客"惜乎不入于道德",认为这些游侠的所作所为是不符合道德的。

这两个主要的变化让这个阶段的侠文化发生了变化,从以维护社会公平正义的面目出现且游离于政府之外的身份,转化为进入政府体制以官员为主导的所谓"为国为民"之侠。曹植《白马篇》无意间写出了这种变化:

> 白马饰金羁,连翩西北驰。
> 借问谁家子,幽并游侠儿。
> 少小去乡邑,扬声沙漠垂。
> 宿昔秉良弓,楛矢何参差。
> 控弦破左的,右发摧月支。
> 仰手接飞猱,俯身散马蹄。
> 狡捷过猴猿,勇剽若豹螭。
> 边城多警急,虏骑数迁移。
> 羽檄从北来,厉马登高堤。
> 长驱蹈匈奴,左顾凌鲜卑。
> 弃身锋刃端,性命安可怀?
> 父母且不顾,何言子与妻!
> 名编壮士籍,不得中顾私。
> 捐躯赴国难,视死忽如归!

从"幽并游侠儿"到"捐躯赴国难",也即从"公平正义"转向了"为国为民",而这种转变并不是突兀的,两者有着共同的精神特质。更多的只是身份的转变,他们力图使这种任侠行为合法化、道德化。这一时期富有侠义精神的人物往往经历了"仗剑行游—驰骋边关—立功受赏"的过程,让游侠重新回到社会体制内。

东汉至魏晋

东汉到魏晋南北朝是一个动荡的时代。一到动荡时代,侠客就多起来,出了一些著名人物。

其一,郅恽。如果注意光武帝刘秀,你会发现有两个相似的著名故事,一个是强项令董宣,还有一个就是郅恽,这二位都是为了"合与义"敢跟皇帝叫板的典型,敢把皇帝关在门外喝西北风,是真正的大侠客!这里重点讲郅恽。事载于《后汉书》。汉光武帝刘秀有一次打猎回来要进城,门官说时间过了,坚决不让他进。光武帝只得绕到另外一个门进得城来,进来以后对这个不让他进的人进行了奖赏,这个人就是郅恽。

郅恽年轻的时候,那是为朋友两肋插刀的。有一天他去看他的朋友董子张,结果发现董子张病得不行了,为什么呢?原来有仇人杀掉了董子张的父亲。郅恽挺身而出去把那个仇人杀掉了,然后毅然向当地县令投案自首。县令看到这个案子有些犹豫不决，郅恽正气凛然地说："为友报仇，吏之私也。奉法不阿，君之义也。亏君以生，非臣节也。"就是说：为朋友报仇，这是我的私事。奉公守法刚正不阿，这是你的义之所在。你不把我抓进监狱，那不是臣子应有的节操。于是郅恽坦然进了监狱。他年轻时候是这样。当了官以后，敢于那样对汉光武帝，后来做到长沙太守。

其二，**曹操**。历史进入另一个乱世，三国，这个时期的侠客很多。跟董宣、郅恽的事迹有点像的一个三国时期著名人物、也算得上是超级侠客的人是曹操。治世之能臣曹操，《三国志》说他"任侠放荡，不治行业"，他少年时期是个游侠，也不干世人口中所说的正经事，每天游荡，为人打抱不平。曹操二十岁当了洛阳北部尉，掌管首都洛阳北部的治安。那时候东汉朝廷式微，权贵子弟横行街市，曹操置五色棒，不管是权阉的叔叔还是宰相的侄子，逮住一个打一个，真正不畏权贵、为国为民。

东汉末年政局混乱，外戚、宦官为祸，曹操不愿意和这些人一起共事，所以经常托病在家，"春夏习读书传，秋冬弋猎，以自娱乐"，在朝廷礼崩乐坏时候，不去同流合污，宁愿自己待在家里。曹操是一个文武双全的人，此类人往往有建功立业的迫切愿望，而曹操能耐住寂寞，守住底线，默默等待时机，这真的是英雄侠客才能做到的。后逢董卓乱政，曹操看不下去，就在陈留这个地方散了家财，招募了义兵，"将以诛卓",准备杀了董卓这个奸贼。这个行为也是颇有古之侠客风范。《三国演义》中还撰了"孟德献刀"的故事,曹操效法荆轲,准备带刀刺杀董卓,结果抽出刀时被董卓看见了,于是灵机一动假装是要给董卓献刀。

后来曹操的事迹就更加广为人知了,尽管《三国演义》努力把曹操塑造成一个奸雄,但是也不得不承认曹操说的这句话:"设使天下无有孤,不知当几人称帝,几人称王。"就是说,如果没有曹操,在东汉末年那个乱世真不知道会有多少人称帝称王,会乱到什么程度!从这个角度看,曹操不管是甘冒风险去刺杀董卓,铁面无私去惩治不法的权贵亲属,还是在那个战乱频仍的时代勇敢站在时代潮头去努力一统天下,都当之无愧可称为侠之大者。

其三,典韦。著名的三国人物典韦——曹操的侍卫长,年轻的时候是个侠客,《三国志》中说他"有志节任侠"。襄邑的刘氏和睢阳的李永之间结了仇,典韦就想着为刘氏报仇。而李永的守备还是比较谨慎的,不太好下手。典韦就乘车载着酒肉,假装在门外等候着。门开了之后,典韦就冲进去掏出匕首杀了李永,还杀了他的妻子。李永住在市中心,附近的人都很害怕,几百人去追人犯典韦,但是又都不敢靠近他。典韦这次之后就逃跑在江湖,后来从了军,跟随曹操征战沙场,立下了赫赫战功。后来张绣反叛,典韦为了保护曹操,只身对抗众多叛军,身受重伤,被张绣所杀。曹操知道典韦为自己而牺牲,把典韦葬在了襄邑。每次曹操路过襄邑,都会怀念并祭奠典韦。

其四,鲁肃。小说《三国演义》和戏曲里面鲁肃是个文官,其实历史上少年时期的鲁肃是个剑客,非常仗义。《三国志》中说他"家富于财,性好施与",并且"不治家事,大散财货,摽卖田地,以赈穷弊,结士为务,甚得乡邑欢心"。就是说,鲁肃也不管理家事,用家里大量的财富和土地去赈济贫穷的人,以结交士人为主要任务,在当地很讨人欢心。《三国志·吴书》中说他"天下将乱,乃学击剑骑射,招聚少年,给其衣食"。可见鲁肃年轻时是豪侠之士。

据《三国志》记载,有一次周瑜带着队伍经过鲁肃的庄园,说能跟你借点粮食吗?鲁肃用手一指说,我一共有两囷粮食,你挑一囷吧。周瑜听到这话,就知道鲁肃这个人是个奇男子,于是和鲁肃家结了亲。袁术听说了鲁肃这件事,就部署军队到东城,准备见他。鲁肃感觉袁术这人没有纲纪,不足以成事,就带着乡里的老弱人士还有少年侠客们一百多人,南下去找周瑜走上了从军、从仕的道路。

其五,周处。周处是西晋时吴人,《晋书·周处列传》中记载他年轻时"膂力绝人,好驰骋田猎,不修细行,纵情肆欲,州曲患之",说他很有力量,喜欢驰骋打猎,不修边幅,为所欲为,是当地一患。后来周处认识到自己这样是不对的,有心要改邪归正。父老说当地有三害:南山白额虎、长桥蛟龙、街上的周处。周处听了说：我能除掉这三害。然后周处去山中射杀了猛虎，跳进水里和蛟龙搏斗了三天三夜，终于战胜了蛟龙，然后毅然决然洗心革面，除掉自己这一害，"遂励志好学，有文思，志存义烈，言必忠信克己"，后来在吴国做到了东观左丞。周处不光是个臂力超群的侠士，还有很多著作，写了《默语》三十篇，以及对后世影响很大的地方风物志《风土记》，并撰集《吴书》。

其六，祖逖。成语闻鸡起舞的主角、领导北伐的将军祖逖也是知名的侠客。祖逖的事迹载于《晋书》，后来司马光等人编著的《资治通鉴》对祖逖的事迹有了更多扩充。祖逖年少时生性豁达，不修仪检，到了十四五岁还不读书，他的兄长对此很是忧虑。不读书归不读书，祖逖却"轻财好侠，慷慨有节尚，每至田舍，辄称兄意，散谷帛以周贫乏，乡党宗族以是重之"（《晋书》），意思是，他重义轻财，自己很节俭，对别人很慷慨，到了农家田舍，经常与人称兄道弟，并且散出谷物丝帛周济穷人，乡党宗族很看重他。他从小养成了慷慨豪侠的品质。祖逖二十四岁时被人举孝廉、秀才，但他都没有答应。后来他和当时同为司州主簿的刘琨意气相投，经常夜里起来探讨天下大事，祖逖每天闻鸡起舞，练就一身好本事。

祖逖生活的年代是动荡的乱世，他时常"思中原之燎火，幸天步之多艰"，并且"以社稷倾覆，常怀振复之志"，有非常远大的理想抱负。祖逖的宾客义徒都是"暴杰勇士"，祖逖待他们就像兄弟、孩子一样。当时闹大饥荒，这些人很多沦为盗贼，去劫富，被官府捉拿了，祖逖就去解救他们。后来祖逖也走上了"仗剑行游—立功受赏"的道路，祖逖少年游侠，但是心怀报国之志，他在晋帝平定了南方之后，提出挥师北伐。祖逖曾经和一度雄踞北方的后赵开国皇帝石勒（羯族）对战，以大无畏的勇气和熟谙兵法的智慧取得了很多胜利，立下大功。

北朝的侠义

永嘉之乱以后，西晋灭亡，晋政权南渡，北方社会陷入长达百年的战乱，史称"五胡乱华"。长期的战乱，使北方地区生产凋敝，交通阻塞，交换经济受到严重破坏。当时以侠义闻名的，除了前面说的祖逖，还有东魏时渤海蓨（今河北省景县）人高乾一家。《北齐书·高乾传》记载，高乾父亲高翼"豪侠有风神，为州里所宗敬"；高乾本人"少时轻侠，数犯公法，长而修改，轻财重义，多所交结"；高乾三弟高昂"招聚剑客，家资倾尽"。由于高乾家族以"豪侠立名"，因此便有一大批所谓"率性豪侠"者追随他们，这些人后来成了被北齐神武帝高欢利用的一支重要力量。

此外，还有一对兄妹值得一提，那就是《魏书·李安世传》中记载的李波兄妹。李波是广平（今河北省鸡泽县东南）地区的豪强，北魏太和年间他率领他的宗族与相州刺史对阵，结果大败官军。当时,在周围地区的百姓中流传着这样的歌谣来赞美他们:"李波小妹字雍容,褰裙逐马如卷蓬,左射右射必叠双,妇女尚如此,男子安可逢!"

在北朝时期,出现了一位非常著名的女英雄花木兰。尽管后世考证,花木兰可能不是确有其人,但是北朝乐府《木兰诗》千古流传,其所刻画的花木兰也成为女英雄的典范。花木兰想着父亲的年迈,"阿爷无大儿,木兰无长兄",家里没有男丁,于是她"愿为市鞍马,从此替爷征"。这样的担当与气魄,真是让大多数男人汗颜。在出征时,她"万里赴戎机,关山度若飞",一副英武豪侠的气质便生动刻画出来。更为难得的是,在花木兰"壮士十年归"之后,当皇帝提出要"策勋十二转,赏赐百千强"的时候,花木兰什么都不要,只愿意回到家乡。回到家乡后,她不再是为国家立下大功的英雄,而是一个"对镜贴花黄"的女郎。这个女英雄的形象立体丰满,为后世创造了无数的美好想象,成为流传千古的杰作,也成为唐代游侠诗大量出现的滥觞。

隋唐之际

魏晋南北朝之后的隋朝是三百年乱世之后迎来的大一统,但是隋朝非常短命,只有三十八年。隋唐之际有很多侠客,最著名的就是李渊、李世民、平阳公主他们这一家。李渊是父亲，李世民是儿子，平阳公主是李渊的女儿、李世民的姐姐。这三个人其实从某种意义上讲都是侠客，都干过小说里宋江、柴进等人干过的事情。李渊本身是关陇军功贵族、皇亲国戚，七岁承袭了唐国公的爵位。据《旧唐书》记载，李渊少年时代"倜傥豁达，任性率真，宽仁容众，无贵贱咸得其欢心"，喜欢结交江湖中人，不分贵贱，他都能让人感到非常开心。

隋炀帝大业十一年，李渊被封为山西河东慰抚大使，击败了龙门贼母端儿，射了七十发箭全中。后来又攻打绛州贼柴保昌，收服降兵数万人。突厥进犯要塞，李渊和马邑太守王仁恭率兵攻打。隋朝兵少，寡不敌众。于是李渊选精骑二千去和突厥打游击战，整天射猎驰骋，让突厥人误以为他们不干正事。李渊暗中选了擅长射箭的兵士伏为奇兵。突厥人见到李渊，心中疑惑不敢出战，李渊就乘机痛打，突厥败走。李渊当时是仗义豪侠、有勇有谋的人物，在山西很有名望。

大业十三年，隋炀帝南游江都，当时已经烽烟四起，天下大乱。也是在这一年，李渊的儿子李世民判断隋朝必然灭亡，于是暗地里广交豪杰，招纳亡命之徒，与晋阳令刘文静商议共举大事。李渊在众人劝说下，在太原起兵反隋，终成一代帝王大业。李世民的事迹就更加广为人知了。李渊镇守太原的时候，李世民十八岁，按照现在的标准才刚刚成年。有一次高阳有个自称"历山飞"的盗贼头子魏刀儿去打太原，李渊出去应战，结果一不小心深入敌阵被围困，情况十分危急。这时候，李世民"以轻骑突围而进，射之，所向皆披靡，拔高祖于万众之中"，带领精锐骑兵突围进入敌阵并用弓箭射敌，所向披靡，从万人中救出了父亲李渊。后来救兵到了，奋力杀敌，最后大获全胜。在只身入敌阵很可能被乱刀砍成肉酱的危险情形下，就能看出李世民身上难能可贵的勇武、胆魄，以及侠义精神。

后来李渊有起兵反隋的打算，李世民就暗中帮助父亲，招揽豪杰之士，"每折节下士，推财养客，群盗大侠，莫不愿效死力"，礼贤下士，散了家财养了很多门客，江湖上的大侠都愿意为他效忠尽死力。李世民此举颇有战国时期"四公子"的风范，在当时很有影响力。那些隋朝没有重视的人才到了李世民麾下都变成了能征善战的骁将，治国安邦的良才。李世民年轻时跟着父亲四方征战，建立不朽功勋；登基之后为大唐开疆拓土，攻灭东突厥与薛延陀（薛延陀位于漠北，后来隶属于东突厥），征服高昌、龟（qiū）兹（cí）（高昌、龟兹都位于新疆）和吐谷（yù）浑（位于祁连山脉和青海），重创高句（gōu）丽。在开疆拓土的同时，李世民不穷兵黩武，非常注重休养生息，广开言路，虚心纳谏，任用贤良，于是大唐越来越欣欣向荣，开创了"贞观之治"。李世民能有这样的历史功勋，和他耳濡目染于乃父的侠义精神是分不开的。

李渊的三女儿、李世民的姐姐平阳公主，堪称女侠，非常厉害。山西有一个非常著名的地方叫娘子关（位于阳泉市），之所以叫娘子关，是因为平阳公主在那里驻守过、看守李家江山的东大门,防范窦建德。平阳公主在李渊起兵反隋之前已经结婚了,嫁给了柴绍,《旧唐书》里记载说柴绍"任侠闻于关中",行侠仗义在关中是有名的。李渊任太原留守时带着全家老小去了山西,因为平阳公主已经嫁到柴家,就留在了长安。李渊这边要起兵,就悄悄派人去通知柴绍和平阳公主——当然那个时候她还不叫平阳公主,说你们赶紧撤到太原来,我要起兵了,隋朝廷肯定会捉拿你们。柴绍就问平阳公主:"绍欲迎接义旗,同去则不可,独行恐罹后患,为计若何?"我准备去共举大义,咱俩又不能一起去,但是把你留下又怕出事,你说怎么办啊?平阳公主就跟柴绍说:"君宜速去。我一妇人,临时易可藏隐,当别自为计矣。"你赶紧走吧,我一个小女子,随时都能藏起来,会有办法的。柴绍于是就抄小路奔太原去参加起义了。平阳公主这番话真是让很多男人都汗颜。

事实证明,平阳公主的才能远不止于能在丈夫奔前线时候保护好自己。柴绍走了以后,平阳公主带着家将马三宝等几个人溜出了长安城,到了他们在鄠县的庄园,在那里散出家财,招纳了几股游侠势力,"与长安大侠史万宝等起兵",以响应父亲起义。平阳公主派马三宝去说服了当地李仲文、向善志、邱师利等几路盗贼,组成了一支大军。当时隋朝政府的京师留守军不断去镇压平阳公主的军队,结果都被平阳公主击败了。平阳公主先后占领了盩厔、武功、始平等地,每到一地就申明法令,禁止士兵侵扰抢掠,所以远近各地来投奔的人很多,慢慢就发展成了七万人的大军。

当李渊、李世民带兵从山西打进陕西、打进关中的时候，发现不用打了：平阳公主已经把半个关中给占了。后来平阳公主带着一万多精兵在渭北和弟弟李世民的军队会合，一起包围了隋朝都城长安，平阳公主的部队被称为"娘子军"，打下了长安。京城平定之后，她被封为"平阳公主"，丈夫柴绍也成为凌烟阁二十四功臣之一，封为谯国公。及至平阳公主去世，是用军礼厚葬她，以纪念她为国家做出的贡献。平阳公主的事迹非常传奇，有英雄气，她不愧为女侠！李渊一家，帝王为侠客。

东汉、魏晋南北朝及隋唐之际的著名侠客的身份有一个共同点，就是都做到了高官，甚至还当了皇帝：侠客从政、侠客从军。他们的故事也都见诸正史。他们就是传说中的"侠之大者，为国为民"。

[第十二]

侠之仙者，诗酒人生

盛唐的诗酒人生

进入盛唐就很难找到正经记载的侠客了。一方面因为自《后汉书》始，正史已经不再为侠客作传；另一方面，随着社会慢慢进入稳定阶段，侠——特别是游侠——这种职业的生存空间明显缩小。盛唐开始，写诗歌咏侠客蔚然成风。侠客开始流于口头和笔头，虚无缥缈的传说、传奇和诗歌成为主要载体，比如李白写过一首长诗《侠客行》：

> 赵客缦胡缨，吴钩霜雪明。
> 银鞍照白马，飒沓如流星。
> 十步杀一人，千里不留行。
> 事了拂衣去，深藏身与名。
> 闲过信陵饮，脱剑膝前横。

> 将炙啖朱亥,持觞劝侯嬴。
> 三杯吐然诺,五岳倒为轻。
> 眼花耳热后,意气素霓生。
> 救赵挥金槌,邯郸先震惊。
> 千秋二壮士,烜赫大梁城。
> 纵死侠骨香,不惭世上英。
> 谁能书阁下,白首太玄经。

这首诗对后世的侠文化产生了深远影响。"银鞍照白马,飒沓如流星"基本成了人们想象中的侠客的标配。"十步杀一人,千里不留行。事了拂衣去,深藏身与名。"这四句最能够代表侠客行径的典型特征,事情结束之后拂衣而去,不留下功名。有学者统计,李白写过上百首与"剑""侠"相关的诗。除了这首《侠客行》,还有"抚剑夜吟啸,雄心日千里。誓欲斩鲸鲵,澄清洛阳水"(《赠张相镐之二》),"笑尽一杯酒,杀人都市中"(《结客少年场行》),"儒生不及游侠人,白首下帷复何益"(《行行游且猎篇》)等。

李白还写过一首《白马篇》。以《白马篇》为名的诗很多,宋朝的郭茂倩编过《乐府诗集》,里面叫《白马篇》的就有九首。李白的《白马篇》写得也非常好:

> 龙马花雪毛,金鞍五陵豪。

> 秋霜切玉剑，落日明珠袍。
> 斗鸡事万乘，轩盖一何高。
> 弓摧南山虎，手接太行猱。
> 酒后竞风采，三杯弄宝刀。
> 杀人如剪草，剧孟同游遨。
> 发愤去函谷，从军向临洮。
> 叱咤经百战，匈奴尽奔逃。
> 归来使酒气，未肯拜萧曹。
> 羞入原宪室，荒径隐蓬蒿。

讲一个仗剑游侠的少年，在对匈奴作战中建功立业，最后功成身退的故事。李白就喜欢这样的侠客意象——功成身退，事了拂衣去。唐代歌咏侠客的诗人非常多，除了李白，还有王维、高适、崔颢等。唐代这些诗人所写的侠客给人的感觉非常大气浑厚，充满着理想主义的色彩，多数是游侠。除了《白马篇》，还有《少年行》这个题目也有很多人拿来歌以咏志。比如王维就写过四首《少年行》：

> 新丰美酒斗十千，咸阳游侠多少年。
> 相逢意气为君饮，系马高楼垂柳边。
>
> 一身能擘两雕弧，虏骑千重只似无。

偏坐金鞍调白羽,纷纷射杀五单于。

汉家君臣欢宴终,高议云台论战功。
天子临轩赐侯印,将军佩出明光宫。

出身仕汉羽林郎,初随骠骑战渔阳。
孰知不向边庭苦,纵死犹闻侠骨香。

王维四首《少年行》写得还是很好的,也写了咸阳游侠少年后来进入庙堂建功立业的故事,最后战死沙场,"纵死犹闻侠骨香"。除了王维,还有张籍、王昌龄等人写过《少年行》。写"黄鹤一去不复返,白云千载空悠悠"的崔颢,曾作过一首《游侠篇》:"少年负胆气,好勇复知机。仗剑出门去,孤城逢合围。杀人辽水上,走马渔阳归……"写"莫愁前路无知己,天下谁人不识君"的边塞诗人高适还作过一首《邯郸少年行》:"邯郸城南游侠子,自矜生长邯郸里。千场纵博家仍富,几度报仇身不死……"就连我们认为"郊寒岛瘦"的孟郊,也写过《游侠行》:

壮士性刚决,火中见石裂。
杀人不回头,轻生如暂别。
岂知眼有泪,肯白头上发。

平生无恩酬，剑闲一百月。

乍一看这首诗，完全想不到它出自写下"临行密密缝，意恐迟迟归"这样诗句的心细的孝子孟郊之手。即便到了中晚唐，像温庭筠这样给人婉约感觉的诗人，也写过《侠客行》：

欲出鸿都门，阴云蔽城阙。
宝剑黯如水，微红湿馀血。
白马夜频惊，三更霸陵雪。

温庭筠这首诗写出了侠客独行的寂寥和坚定，称得上非常优秀的咏侠诗篇。李白自称剑客，他不仅诗写得好，还半辈子拎着把剑满江湖游，去游侠。《新唐书》记载李白"喜纵横术，击剑，为任侠，轻财重施"。据李白自己说，他还杀过人，"结发未识事，所交尽豪雄……托身白刃里，杀人红尘中"（《赠从兄襄阳少府皓》）。而其他的诗人，基本都是以侠自许，可能感于世事艰难，也可能是寄托情怀，他们是怀着侠客理想的文人，借侠客来抒发自己的情感，本身并不去江湖上游侠、闯荡。

不管怎么样，这些诗人确有其人，但李白诗中所憧憬的"十步杀一人，千里不留行。事了拂衣去，深藏身与名"的真正侠客，真的跟野生华南虎一样，只是江湖传说了。所以我给它定义叫"侠之仙者，诗酒人生"，意思就是侠客在酒后的诗中最盛行。从这个时候开始，侠就从实际的人，升华成为一种理想化的寄托。

开创性的唐传奇

唐代出现了一种新的文体——唐传奇。根据学者研究，唐传奇可分为三大类：神怪、恋爱、豪侠（谭正璧《中国小说发达史》）。这一文体也是武侠小说的起源。从文学史的角度来看，这一文体的出现很有标志意义。

《史记·游侠列传》为代表的史书对于侠客的记述为**实录阶段**，尽管有个人主观评价，但是其记录的侠客离实际的侠的形象不远。唐代诗人，就在侠客的身上加入了很多自己的想象，或者有意无意中脱离历史文本，塑造自己想象中的场景和人物，比如上面提到的孟郊的《游侠行》、温庭筠的《侠客行》等。但是诗的主要功能是言志和抒情，因此诗对于侠客的形象不能展开描述，更多的是描写一个剪影，寄托情怀。侠之仙者，诗酒人生，这一阶段我称之为**抒情阶段**。到唐传奇出现，虚构的、形象完整的侠客出现了，比如聂隐娘、虬髯客、红线等，唐传奇一方面脱离了实际人物，另一方面创造出了之前所没有的幻设——技击和法术。

唐传奇经历了一个发展过程，才发展出豪侠小说这一类型。在9世纪上半叶的唐传奇中,黄衫客(蒋防《霍小玉传》)、许虞侯(许尧佐《柳氏传》)、古押衙(薛调《无双传》)在故事中都只是穿插性的人物,故事本身的主角还是才子佳人、热恋男女,侠客的出场只是为了给主角排忧解难。不过从这种对侠客作用的安排中,也蕴藏着豪侠小说诞生的因素——为人排忧解难,这不正是侠客的精神所在吗?

9世纪下半叶起,自杜光庭的《虬髯客传》、裴铏的《昆仑奴》《聂隐娘》、袁郊的《红线》开始,侠客才真正成为唐传奇的主角,也才真正开创了"武侠小说"这一文体。这里重点讲两部:杜光庭的《虬髯客传》和裴铏的《聂隐娘》。著名武侠小说大师金庸对《虬髯客传》评价很高:

> 《虬髯客传》一文虎虎有生气,或者可以说是我国武侠小说的鼻祖。……这篇传奇为现代的武侠小说开了许多道路。有历史的背景而又不完全依照历史;有男女青年的恋爱,男的是豪杰,而女的是美人;有深夜的化装逃亡;有权相的追捕;有小客栈的借宿和奇遇;有意气相投的一见如故;有寻仇十年而终于食其心肝的虬髯汉子;有神秘而见识高超的道人;有酒楼上的约会和坊曲小宅中的密谋大事;有大量财富和慷慨的赠送;有神气清朗、顾盼炜如的少年英雄;有帝王和公卿;有驴子、马匹、匕首和人头;有弈棋和盛筵;有海船千艘和甲兵十万的大

战；有兵法的传授……（金庸《三十三剑客图之二：〈虬髯客传〉》）

之所以大段引用金庸先生的评价，是为了说明《虬髯客传》在武侠小说乃至侠义精神发展中的重要地位，以及它所开创的小说要素和场景之于后世产生的巨大影响。《虬髯客传》只有短短两千多字，却承载了这么大的信息量，可以说笔法精练，手法精湛。《虬髯客传》的故事是以隋唐交替时期为背景，里面出现了李渊、李密等历史上真实的人物，而像李靖这个人物，历史上确有其人，但是《虬髯客传》又不局限于历史记载，对人物进行了充分的扩展和发挥，增加了虚构的成分，而虬髯客、红拂女都是虚构的人物，在人物和事件上都虚实结合，独具魅力。

《虬髯客传》中塑造的"风尘三侠"——虬髯客、李靖、红拂女，也是大家耳熟能详、栩栩如生的形象。"风尘三侠"的形象被后世用其他艺术形式呈现过，是画家所喜爱的题材，还有明朝张凤翼、张太和都写过《红拂记》，写《拍案惊奇》的凌濛初写过《虬髯翁》等。《虬髯客传》在文学史上的地位很重要，故事相对复杂，信息量大。对武侠小说感兴趣的读者若希望了解武侠小说发展纵深，《虬髯客传》是必读的重要作品。

以《聂隐娘》为代表的豪侠传奇，开始出现了神神怪怪、似有似无的侠客故事。也是从唐传奇开始,"武"开始和"侠"有了非常紧密的关系。在司马迁笔下,侠更多的是一种精神、古道热肠,行侠之人不见得会武功,比如侯嬴、程婴、朱家等这些人,都是不会武功的。我们现代人印象中凡侠客必定武功高超,这是小说家制造出来的,从唐传奇开始,一直被历代武侠小说家所传承发扬。唐传奇中侠客的武功可以分为两类,一种是技击,另一种是神秘术。法术、道术或者叫妖术也罢开始登场。比如一个侠客剑法很好,这就是技击;而如聂隐娘一般飞剑取人头,这就属于法术的范畴。

《聂隐娘》的故事里兼有技击和道术。聂隐娘跟着一个尼姑学剑术,学到炉火纯青。后来尼姑说某大官害人甚多,要她夜间行刺。这时候她用到的是剑,也就是技击。后来,精精儿和空空儿要去行刺刘悟,聂隐娘去保护刘悟。当聂隐娘和精精儿对战时,两个人变成了一红一白两个幡,过了一会儿只见一个人身首异处,聂隐娘说:"精精儿已毙。"聂隐娘这是飞剑取人头——念动咒语,剑就飞出去,所以让精精儿身首异处。这就属于道术了。再后来空空儿要来了,聂隐娘说:

> 后夜当使妙手空空儿继至。空空儿之神术,人莫能窥其用,鬼莫得蹑其踪。能从空虚之入冥,善无形而灭影。隐娘之艺,故不能造其境,此即系仆射之福耳。但以于阗玉周其颈,拥以衾,隐娘当化为蠛蠓,潜入仆射肠中听

伺，其余无逃避处。

意思是：后半夜妙手空空儿就要来了。空空儿的神术，人是窥测不出奥秘的，鬼都不见得能找到她的行踪。以我的技艺，还达不到那个境界。不过将军您可以拿一块和田玉围在头颈上，我化作一只蠛蠓（一种蚊子），钻进您的肠道里等她来，否则也没有别的办法。

空空儿无形无影地来了，一击不中刘悟，于是一更行千里又走了。这就很明显是道术了，想象的成分很大。

唐传奇的技击和道术对后世武侠小说影响都很大。后来的武侠小说中，以武行侠的侠客们要么技击，要么有道术，要么两者结合。这样的故事广为流传，深入人心，这要感谢唐传奇做出的开创。以还珠楼主的《蜀山剑侠传》为代表的仙魔武侠小说，以及后来武侠小说中常常用到的轻功、暗器等比较玄的东西，其实源头都在唐传奇。

同时，唐传奇还有一个特点，那就是将侠客神秘化，并试图让其远离朝廷庙堂，甚至远离人世间。前文讲了从春秋战国到唐代的侠客无一例外都与朝廷庙堂有或多或少的联系。尽管他们自己并不是身在庙堂，也不去做官，但总是与政治有千丝万缕的联系，比如侯嬴、朱亥，与秦赵战争有密切关系，尽管西汉时期的游侠试图躲避政治，但是政治并不是想躲就可以躲的，郭解因为行侠而被杀。后来侠客干脆大量从政。唐传奇中的侠客则不然，如果说《虬髯客传》还多少与政治有关联，那么后来的传奇就尽量避免了这种倾向。故事结构常常是这样：一个貌不惊人而实际上却身怀绝技的"普通人"，在关键时刻挺身而出，凭借神奇的本领匡扶正义，然后飘然远逝，一切就回归平静，事前没有征兆，事后没有痕迹，就像徐志摩诗中所说"挥一挥衣袖，不带走一片云彩"。这样的侠客就非常有魅力了，好莱坞大片其实正是这样的创作规律。这也为后世侠客在江湖并游离于世事之外的写法开了先河。

[第十三]

侠之儒者,剑胆琴心

儒生为侠客

宋朝是个重文轻武、抑武扬文的时代,侠客这个活儿就更难干了,各行各业的人越来越聚焦于读书出仕,张载、二程之说流行,儒学复兴,侠客即是儒者、儒者入于侠客。张载有一句名言,"为天地立心,为生民立命,为往圣继绝学,为万世开太平",被哲学家冯友兰称为"横渠四句",历代传颂不衰。认真一想,这不就是侠之儒者吗?读圣贤之书,是为生民立命,为万世开太平,那就是心怀苍生、侠之大者般的儒生啊!

有一个叫王克明的人,年幼时体弱多病,于是发奋学医,终于成为一个名医,同时也是个读书人,也就是我们通常说的儒生。《宋史》中记载说,"克明颇知书,好侠尚义,常数千里赴人之急",王克明这个人一贯行侠仗义,奔赴数千里去救急。宋朝时战争比较多,军队里面发生大瘟疫的时候,他就冒着风险去帮人家都给治好，当时富有侠名。张子盖救海州的战斗中，战士大面积得了瘟疫，王克明当时在军中为士兵治疗瘟疫，史书记载，"全活者几万人"，他救活了几万人。

曹偕是北宋的开国名将曹彬的后代，《宋史》中记载说他"少读书知义，以节侠自喜"，他曾经还跟着梅尧臣学写诗，也是个儒生兼侠客。他在当许州都监的时候，有个叫史沆的幕僚为非作歹，上下人等都害怕他。曹偕就置办了酒席，对着众多客人细数史沆的罪行，并准备击杀他。史沆赶紧求饶，曹偕就说："复不改，必杀汝！"你再不改就杀了你！于是史沆之后收敛多了。

这两位是两宋很有代表性的行侠之人了，和之前南北朝及以前的侠客相比，可能大家觉得不够过瘾。自唐代开始，游侠在实际生活中是越来越少，史书中也少见行侠的字样了。更多时候，侠之儒者是以另外一种面貌呈现的。说到剑胆琴心，不得不说三个著名的人物——苏轼、辛弃疾、陆游。

老夫聊发少年狂

苏轼应该不会武功，但是内心充满侠义。通过他的诗词、文章能够看出来。苏轼是著名的豪放派词人，比如著名的《江城子·密州出猎》，就表现了苏轼的侠义精神：

老夫聊发少年狂，左牵黄，右擎苍，锦帽貂裘，千骑卷平冈。为报倾城随太守，亲射虎，看孙郎。

酒酣胸胆尚开张，鬓微霜，又何妨？持节云中，何日遣冯唐？会挽雕弓如满月，西北望，射天狼。

那天在北大讲这堂课的时候，几乎所有的学生都会背，可见这首词的影响力。这首词并没有直接写到侠、豪放、剑等这样的意象，但是当年的密州太守苏轼却用一个打猎的场景，勾勒了一个剑胆琴心的太守，内心为国为民的侠义情结，百姓的"倾城随太守"也让这场打猎更像是侠客的一次出城驰骋。词中"左牵黄，右擎苍""会挽雕弓如满月"已经成为后世人心目中大侠的典型形象。毛主席诗词里"弯弓射大雕"的形象或许与这首词也有关系。

苏轼曾经写过一首诗叫《约公择饮是日大风》：

先生生长匡庐山，山中读书三十年。
旧闻饮水师颜渊，不知治剧乃所便。
偷儿夜探赤白丸，奋髯忽逢朱子元。
半年群盗诛七百，谁信家书藏九千。
春风无事秋月闲，红妆执乐豪且妍。
紫衫玉带两部全，琵琶一抹四十弦，
客来留饮不计钱。
齐人爱公如子产，儿啼卧路呼不还，

我惭山郡空留连。
牙兵部吏笑我寒,邀公饮酒公无难。
约束官奴买花钿,薰衣理鬓夜不眠。
晓来颠风尘暗天,我思其由岂坐悭。
作诗愧谢公笑欢,归来瑟缩愈不安。
要当啖公八百里,豪气一洗儒生酸。

这首诗比较长,里面出现了好几处典型侠客的行为,"半年群盗诛七百""客来留饮不计钱""要当啖公八百里"等,特别是最后一句说出了很重要的一点,"豪气一洗儒生酸",儒生身上往往可能有酸腐气,而侠客的豪气就能把酸腐气洗掉,这表达出苏轼的一种价值观:儒与侠结合起来。

苏轼还歌咏过一些身边的有侠义精神的人,比如在《送曹辅赴闽漕》中写他的朋友曹辅"曹子本儒侠,笔势翻涛澜。往来戎马间,边风裂儒冠……"一个儒生,有着侠义精神,驰骋边关,非常令人敬佩;还有《闻潮阳吴子野出家》中写道:"予昔少年日,气盖里间侠。自言似剧孟,叩门知缓急。千金已散尽,白首空四壁……"一个像剧孟一样的大侠,仗义疏财,把家中的千金都散尽了。

苏轼还有一篇文章《方山子传》,写方山子"少时慕朱家、郭解为人,闾里之侠皆宗之。稍壮,折节读书,欲以此驰骋当世,然终不遇……""使酒好剑,用财如粪土",整篇文章虽然只写了方山子"挟二矢,游西山"飞马射鹊的事,但是也表达了作者赞赏方山子这样具有侠客风范的人的价值立场。

人们印象中苏轼是文官,但其实苏轼是有治军经历的,而且治理得非常好。据《宋史》记载,当时定州这个地方军政废弛,各卫戍士兵骄横懒散,缺乏训练,军官们克扣他们的军饷和赏赐,以前的太守也不敢查问。苏轼到任之后把贪污的人发配到远恶之处,缮修营房,禁止饮酒赌博,军中衣食稍见充足,于是约束军队训练作战方法,"众皆畏伏"。鉴于军队长期军纪废弛,违抗命令的事情时有发生,在春季大阅兵时期,苏轼又进行了一番整顿,效果很显著。定州人评价说"自韩琦去后,不见此礼至今矣",自从韩琦走了以后,到苏轼才恢复了军中应有的礼制。

苏轼的侠义精神,除了诗词和这段短暂的治军经历,还通过他的政见、政绩表现出来。宋神宗熙宁年间,宰相王安石在宋神宗的支持下,主持了"熙宁变法",史称"王安石变法"。苏轼是反对派,和王安石闹了很大矛盾。王安石嫌他碍眼,于是苏轼被贬到杭州任通判。后来变法派"新党"想更进一步收拾苏轼,就制造了"乌台诗案",差点给苏轼判死罪,最后以苏轼贬谪黄州结束了"乌台诗案"风波。也是在黄州,苏轼在东坡耕种,有了"东坡居士"这个称号。

宋神宗去世之后,年仅十岁的宋哲宗继位,高太后垂帘听政,启用了司马光。以司马光为代表的"旧党"上台之后,全部废除了新法，并启用了当年很多反对过变法的人，其中包括苏轼。没过多久，苏轼就升翰林学士、知制诰，知礼部贡举。按理说，苏轼被"新党"整得那么惨，遭遇了人生滑铁卢，应该非常痛恨"新党"，会趁这个机会赶紧把当年整他的人狠狠整一遍，把新法能踩多扁踩多扁。剑胆琴心的侠之儒者苏轼当然没有那样做。

苏轼对于"旧党"上台就尽废新法的行为提出强烈反对。他先是对司马光说新法中有一些法是非常好的，比如免役法，而废除了免役法，就容易导致很多问题产生。司马光不以为然。结果苏轼"又陈于政事堂"，在公开场合表达这个观点，于是"光忿然"——司马光老先生很生气。苏轼这绝不是摇摆不定、得便宜卖乖、为反对而反对。要知道，在当时的情境下为新法说好话那是要冒着很大风险的，极有可能再次被贬，甚至有更严重的后果。再加上苏轼在黄州"拣尽寒枝不肯栖，寂寞沙洲冷"（《卜算子·黄州定慧院寓居作》）是被新法害的，从个人角度他都是最不应该为新法说话的人。但是苏轼坚持认为新法中有值得肯定的地方，为新法说句公道话，那是义之所在。

苏轼又对废除新法的种种行为发表了看法，惹得很多人不高兴。于是苏轼自请离开京城，再次到杭州任职。在杭州这些年，他为杭州做了很多好事，比如以种菱角来治理西湖，改善生态的同时发展生产，修造了苏堤，用三潭划定种菱角的区域。"西湖十景"中的"苏堤春晓"和"三潭映月",都要感谢苏东坡。苏东坡还派人为杭州百姓治疗瘟疫,在瘟疫爆发时候减免税负、卖度牒赈灾。在杭州的这段时间,政绩卓著,深受百姓爱戴。

宋哲宗亲政之后,又恢复了新法,"旧党"被排斥,"新党"重新执掌朝政。"新党"这些人并没有因为苏轼反对司马光尽废新法而原谅他,苏轼在杭州的好日子也到头了。他被贬到了更远的地方——惠州。后来"新党"又嫌惠州不够偏远,又把他贬到了海南儋州。在这种情况下,苏轼竟然写出了"问汝平生功业,黄州惠州儋州"(《自题金山画像》),"九死南荒吾不悔,兹游奇绝冠平生"(《六月二十日夜渡海》)这样的诗句。

很多人说苏轼身上有佛家的从容淡定的精神,这当然没错。但是从苏轼的政见、政绩和诗词来看,苏轼身上那种自掌正义的侠客光芒,那"一蓑烟雨任平生"(《定风波·莫听穿林打叶声》)的不计个人得失的豁达,也真正体现了侠之儒者风范!

醉里挑灯看剑

上马击狂胡,下马草军书。
二十抱此志,五十犹癯儒。
大散陈仓间,山川郁盘纡,

劲气钟义士，可与共壮图。
坡陁咸阳城，秦汉之故都，
王气浮夕霭，宫室生春芜。
安得从王师，汛扫迎皇舆？
黄河与函谷，四海通舟车。
士马发燕赵，布帛来青徐。
先当营七庙，次第画九衢。
偏师缚可汗，倾都观受俘。
上寿大安宫，复如正观初。
丈夫毕此愿，死与蝼蚁殊。
志大浩无期，醉胆空满躯。

这是陆游的一首诗《观大散关图有感》，前面两句"上马击狂胡，下马草军书"非常有名，是侠之儒者的典型表现。陆游和辛弃疾都是南宋时期的人，南宋时期，北方大片领土都被金国占领，宋徽宗、宋钦宗被金国掳走，很多儒生都有投笔从戎之志，因而这个时期剑胆琴心的侠之儒者还是很多的。

陆游年轻时参加礼部的考试，因为和秦桧不对付，所以一直不顺利。陆游是一个坚定的主战派，希望朝廷能挺起胸膛和金国强敌抗战，收复失地，还我河山。他的这种观点与朝廷主流不符，屡屡遭到排斥，但是他一直志向不改。陆游一生写过近万首诗。中国历史上写诗最多的是乾隆，陆游估计排第二。

和乾隆不同，陆游的诗不仅数量多，质量也很高。比如"小楼一夜听春雨，深巷明朝卖杏花"（《临安春雨初霁》），"山重水复疑无路，柳暗花明又一村"（《游山西村》），等等。《宋史》说他"才气超逸"，诚如斯言。

有才华的人有很多选择，如果陆游不和朝廷唱反调，从主战派及时调整成投降派，也许他能做更大的官，荣华富贵享用不尽。但是陆游心中秉持着义，他认为只有坚持抗金才是民族大义。一直到晚年，陆游心心念念的都是抗金。"僵卧孤村不自哀，尚思为国戍轮台"（《十一月四日风雨大作》），自己身体病弱都不在意，想的还是为国家保卫边疆。在知道自己命不久矣的时候他对儿子说："死去元知万事空，但悲不见九州同。王师北定中原日，家祭无忘告乃翁。"（《示儿》）

更有代表性的侠之儒者是辛弃疾。辛弃疾也是文武全才，不光词写得好，还是一个地道正宗的侠客。辛弃疾是山东人，而在他出生的时候，山东已经被金国占领了。《宋史》记载，宋高宗绍兴三十一年，金主完颜亮死后，中原豪杰并起。当时有一个叫耿京的人在山东聚集兵马，时年二十一岁的辛弃疾加入起义军，并劝说耿京南下投奔朝廷，还积极扩充起义军队伍。后来耿京被投降金国的叛徒张安国、邵进杀了，于是辛弃疾约统制王世隆等人，冲进敌营，把叛徒张安国活擒了，然后还冲出重围，把叛徒献给南宋皇帝赵构。这胆魄和功夫，是否堪比郭靖？

辛弃疾体现侠义的诗词有很多，最著名的是《破阵子·为陈同甫赋壮词以寄之》：

醉里挑灯看剑，梦回吹角连营。八百里分麾下炙，五十弦翻塞外声。沙场秋点兵。

马作的卢飞快，弓如霹雳弦惊。了却君王天下事，赢得生前身后名。可怜白发生！

辛弃疾的豪放词写得非常好，有宋一代，与苏轼并称"苏辛"。《破阵子·为陈同甫赋壮词以寄之》里面有很多典型的侠客意象：醉、剑、快马、弓箭……醉侠挑灯看剑，梦回沙场，快马驰骋，挽弓射箭，好一副侠客英雄形象！虽然有"可怜白发生"的慨叹，但是总基调是快意的、开阔的、昂扬的。

辛弃疾政见、政绩跟苏东坡不好比较，因为时代和环境大不同了，但是辛弃疾建军、治军、平寇的功绩要超过苏东坡和陆游。辛弃疾在军事理论方面非常有建树，曾写过《九议》《应问》《美芹十论》等军事著作献给朝廷，《宋史》评价这些著作"言顺逆之理、消长之势，技之长短，地之要害，甚备"，对于局势的分析非常完备、到位。郭沫若曾写过一副对联赞《美芹十论》：

铁板铜琶，继东坡高唱大江东去；

美芹悲黍，冀南宋莫随鸿雁南飞。

只可惜，当时朝廷已经确定了议和的大方向，辛弃疾这些著作并没有得到应有的重视，被束之高阁，也难怪郭沫若替他感到惋惜。我关注过南宋政治史和南宋地方军史，辛弃疾在军事实践活动中也很活跃。湖南连着两广，当年盗贼横行，辛弃疾在湖南几乎是白手起家建立了叫"飞虎军"的一支地方军剿灭盗贼，稳定大后方。

这件事情的过程非常坎坷。辛弃疾一开始奉诏组建军队，招募兵马两千多，修好了营寨，还筹集钱财买更多的战马。当时枢府很多人对此表示不满，屡次进行阻挠，而辛弃疾"行愈力"，越挫越勇。那些告状的人忍无可忍，"以聚敛闻"，用私自聚敛钱财为罪名告发他，于是皇帝"降御前金字牌，俾日下住罢"，皇上下了一道金牌，让辛弃疾马上停止干这件事。

下金牌，这件事好像看着很眼熟。想当年，岳飞抗金挥师北上，在秦桧的挑唆下，宋高宗赵构连下十二道金牌，召回岳飞，然后以"莫须有"的罪名将岳飞处死。皇帝的金牌是很厉害的，如果抗命不遵，后果很严重。然而，辛弃疾不愧为一个大侠，他做了一件石破天惊的事，"弃疾受而藏之，出责监办者，期一月飞虎营栅成，违坐军制"，辛弃疾把金牌令箭藏了起来，然后责成工程负责人：限期一个月把飞虎营的基础工程做完，否则按照违抗军令处置！

要知道，藏起金牌这种行为属于违抗圣命，重则死罪。再则，军队组建不起来没人会怪他，毕竟停工的金牌是皇帝下的。可是辛弃疾不这么想。为了把"飞虎军"组建起来，辛弃疾不惜用自己的政治生命，甚至是拿生命去做担保，甘冒风险。因为他知道，他做这件事是为了国家民族之大义。终于，军营如期落成了。辛弃疾给皇帝上疏奏陈了整个过程，皇帝还算通情达理，并没有责罚他。

辛弃疾还有一个特别之处，特别善于经营，他一个山东人只身南渡，没有祖业祖产，但退休的时候已经置办了令人咋舌的庄园和产业，服务人员成群结队，其中美少女也不少。《宋史》评价辛弃疾"豪爽尚气节，识拔英俊，所交多海内知名士"，这正是典型的侠的特点。

侠在江湖庙堂间

宋朝的侠之儒者，和之前所提到的侠是有明显区别的。从苏轼到辛弃疾，他们有一个共同的特点，那就是他们都是高居庙堂的官员。即便是陆游这样的总被排斥的人，那也是见过皇帝的官员。身居庙堂的侠客，总给人的感觉有点不同。人们在提及侠客的时候，总会自觉不自觉想到另一个词——江湖。

江湖，泛指三江五湖，但是一个普通的词汇，经过历代文人墨客倾注文化内涵，就变得不同了。《史记·货殖列传》记载范蠡的故事。范蠡是越王勾践手下的大臣,在帮助越王勾践灭掉吴国之后,官拜上将军,却突然辞官远走,"乃乘扁舟浮于江湖"。这里"江湖"原本是指五湖,只是说范蠡乘着船走了。但是范蠡这件事有一点特别的含义,那就是原本身居庙堂,却超然遁世,于是后人谈及"扁舟浮于江湖",就会产生不同的联想。比如高适写道"天地庄生马,江湖范蠡舟"(《古乐府飞龙曲留上陈左相》),杜甫诗"欲寄江湖客,提携日月长"(《竖子至》),杜牧诗"落魄江湖载酒行,楚腰纤细掌中轻"(《遣怀》),辛弃疾词"莫贪风月卧江湖,道日近、长安路远"(《鹊桥仙·和范先之送祐之归浮梁》),黄庭坚词"桃李春风一杯酒,江湖夜雨十年灯"(《寄黄几复》)等。

"江湖"是朝廷、庙堂之外的地方,是平民和隐士所在的人世间、红尘俗世。司马迁笔下的侠客,大都是江湖之侠。虽然他们某种程度上也和庙堂发生关系,但是其本人并不是志在庙堂,平日的侠客行为也大都在江湖之中。东汉南北朝一直到隋唐交替时期,从郅恽,到曹操,到祖逖,一直到唐高祖李渊,尽管这些人后来身居庙堂,但是却是少年游侠——进入庙堂之前,是在江湖中仗剑走天涯的,之后才走上为国家建功立业的道路。这些人身在庙堂建功立业,兼具一种豪放不羁的江湖气,非常令人向往。

唐代诗人吟咏的基本都是游侠——江湖之侠,尽管他们希望建功立业,想着有朝一日能"愿将腰下剑,直为斩楼兰"

(李白《塞下曲》），但是有时候在面对庙堂无能为力的时候，会觉得"安能摧眉折腰事权贵"（李白《梦游天姥吟留别》），于是"仰天大笑出门去"（李白《南陵别儿童入京》），神游江湖，咏叹游侠。江湖中行侠少了，而人们对于江湖中侠客的向往并没有减弱。唐传奇的出现，多少也弥补了人们的心灵需求。唐传奇中，绝大多数侠客都是江湖中人。

宋朝是重文轻武的，再加上法律越来越完善，社会管理越来越严，江湖中侠几乎没有生存空间，现实中的侠身份变了，从江湖之中到了庙堂之上。大多数是苏东坡这样的怀着侠义精神的文人墨客。像陆游、辛弃疾这样文武双全的侠之儒者，尽管怀着满腔报国之志和侠肝义胆，但是最后也只能感叹"却将万字平戎策，换得东家种树书"（辛弃疾《鹧鸪天·有客慨然谈功名因追念少年时事戏作》）。一入官场，再大的英雄豪杰都要收敛锋芒，而这样又会让侠客顿失风采，因此在文学中寄托江湖之侠的自由与不羁、救人于困厄、浪漫与豁达，成为一个新的主流。

武侠变文侠

由江湖到庙堂，由武侠到文侠，这种变化是有深层次原因的。

按郭沫若《中国古代社会研究》，商往前以迄三皇五帝，大约是以联盟立国。周以封建立国,就是天子将国土分封给宗族、功臣等,并且按照"公侯伯子男"划分等级。这两种政治模式实际上是大小政权林立的态势。在林立政权的间隙,才容得下特立独行的侠客行,并且其中不乏精英,甚至产生了墨子这样的思想和功夫巨人,墨子和墨门、墨家思想,其影响力岂是一个诸侯国可比?所以,侠客在秦以前的现实社会的实际影响力以及它对于后世的精神影响力,是无论怎么评估都不过分的。

秦开启了一种新的政治模式——郡县制,就是中央不再分封诸侯,而是直接向地方委派官吏,并由中央直接任免地方官吏,土地不再分封,只由委派官员管理。这种制度一直沿用,不光中国,全世界几乎都在用。封建制在汉初有过复辟,刘邦平定天下之后,又分封了若干藩王。但这造成了一个比较严重的历史事件,就是前面讲剧孟时候提到的"吴楚七国之乱"。汉初的时候为什么对匈奴作战那么弱?一方面是国家久经战乱,需要休养生息;而另一方面,恐怕就是诸侯权力大,后方不稳,国家不能集中力量对外作战。于是汉武帝颁布了"推恩令",就是让各地方诸侯、藩王把土地分给子孙或兄弟等,这样,每个人能分到的土地就很少了,诸侯的实力就被瓦解,又回归郡县制。于是汉武帝得以腾出手来对匈奴作战,国家就能够集中力量办大事。

其后两千年,郡县制有几次小的反复,但终归是历史主流。和封建制相比，郡县制有很明显的优点。唐代大文学家柳宗元有一篇著名的文章《封建论》，就是讲封建制的弊端和郡县制的优点，这篇文章言及周之封建制的时候说"列侯骄盈，黩货事戎"，社会礼崩乐坏，诸侯骄横跋扈，搜刮钱财，穷兵黩武。而"及夫郡邑，可谓理且安矣"，郡县制的推行，则让社会秩序井然，百姓安居乐业。毛主席对这篇文章评价非常高，写过一首《七律·读〈封建论〉呈郭老》："……百代都行秦政法，十批不是好文章。熟读唐人封建论，莫从子厚返文王。"

郡县制的推行让中国社会进入了一个稳定形态。中国社会的成熟、发展和进步，以及文化的空前繁荣，与郡县制的推行是分不开的。而这样的社会形态，限制了游侠的发展，江湖侠客的生存空间明显缩小。游侠始终与朝廷、庙堂有离心力。前面讲到西汉时郭解因任侠仗义而被杀是侠客行的转折点——"匹夫无罪，怀璧其罪"。掌握生杀大权的只能是朝廷，你郭解的个人影响力居然能影响别人的生死，这是企图和朝廷分庭抗礼吗？！能耐大过头了，"头"也就危险了。除了大混乱时期和改朝换代之际，独立于政权外的武装势力，不论作恶与否，在主流价值观里，那只能算是山贼水寇和强盗了。所以东汉到魏晋南北朝，大侠客会成为大臣和将军，乃至成为开国皇帝，而不是武侠小说中描绘的那种宗教团体、武术教团、江湖帮会、山林庄园等势力。

到唐、宋大一统,一方面制度和控制力不断完善,郡县制走向成熟,另一方面科举大盛,精英尽入体制,所以侠客有了两个发展方向:其一,就是上一节讲的,从江湖走进庙堂;其二,开始出现专业的、满足人们精神和心灵需要的纯虚构江湖侠客故事体系——唐传奇和宋说话(平话),以"武"犯禁的侠,演变成以"文"传义了。

现实中的侠是越来越少了,但是文人墨客对于侠的向往、平民百姓对于侠义精神的渴求却并没有减弱。这两个侠客发展方向其实可以用一个共同的词来解释,那就是——脱实向虚。庙堂之上的具有大侠潜质的人,严格意义上说不能叫侠客。但是他们将侠义内化为一种精神,用一支生花妙笔传颂侠义精神,用一颗赤胆忠心坚持为民请命。千古文人,都做着共同的侠客梦。处江湖之远的平民百姓更是如此,当生活中遇到不平事,总希望有一个大侠能挺身而出排忧解难。侠文学作品的产生,正好能够满足人们对于侠义精神的向往。

侠义的精神逐渐内化,在治理越来越成熟的社会中,满足了社会各阶层人士的共同需求。侠客从"武行"到"文行",从"出手"到"动笔",倒不见得是"侠客"这个行当的衰落、侠义精神的式微,恰恰相反,"笔"有时候比"刀"更加有力量。

白了少年头,空悲切

宋朝重文轻武,由文官组成枢密院,武将手中有兵,但是枢密院才有调兵权力。北宋之亡的一大原因就是关键时刻因"文臣主兵,多次决策错误"(张劲松《岳飞之死与宋朝文人政治的历史困境》)而丧失战争主动权。出色的武将往往以悲剧收场,悲剧的代表人物,前有狄青后有岳飞。狄青是具有侠客精神的将领,少年行侠,后来征战沙场,为国立功,但是因为受到文官集团和皇帝的猜忌,郁郁而终。明末思想家王夫之在《宋论》中评价说:"狄青以枢副之任,稍自掀举,苟异一切,而密席未温,嫌疑指斥,是以英流屏足巨室寒心。"

岳飞"少负气节,沉厚寡言,家贫力学"(《宋史》),少年时就很有气节抱负,比较沉稳少言,家境贫寒,学习努力。"靖康之变"后,宋朝的正规军大都瓦解,这时康王赵构(后来的宋高宗)组织各地方势力重建政权,产生了很多"家军",岳飞带领的军队称为"岳家军"。岳飞治军严格,"诸将多行剽掠,惟飞军秋毫无所犯"。当年南宋打仗经常战斗力差,军队缺军饷,于是到处抢掠,而岳飞就能做到于百姓秋毫无犯,很多百姓因此"图飞像祠之"(《宋史》),甚至很多百姓"争挽车牵牛,载糗粮以馈义军"(《宋史》)。岳飞打败金国军队时,很多被俘虏的金兵奔走相告"此岳爷爷军",争着投降。岳飞死于宋金媾和的开始。随着赵构逐渐建立了稳固的政权,"家军"

就成为一种威胁。

怒发冲冠,凭栏处、潇潇雨歇。抬望眼,仰天长啸,壮怀激烈。三十功名尘与土,八千里路云和月。莫等闲,白了少年头,空悲切!

靖康耻,犹未雪。臣子恨,何时灭!驾长车,踏破贺兰山缺。壮志饥餐胡虏肉,笑谈渴饮匈奴血。待从头、收拾旧山河,朝天阙。

如果说这首《满江红》在壮志难酬的悲切中仍然有慷慨的豪情,那么岳飞被陷害前不久的绝笔则体现了他内心无比的悲凉:"白首为功名,旧山松竹老,阻归程。欲将心事付瑶琴,知音少,弦断有谁听。"(《小重山·昨夜寒蛩不住鸣》)

其实岳飞已经知道自己的宿命,在那样的政治环境中,他的征战注定是一场英雄悲剧的注解。但是岳飞依然义无反顾地坚持下去,并且无怨无悔,是一个真正为国为民的大侠。

[第十四]

侠之神者,思想巨匠

最初黄金家族统领下的蒙古人是天生的战士和杀神,蒙古铁骑曾经横扫欧亚大陆。基督教团称之为"上帝之鞭"。成吉思汗几个嫡子,拖雷年龄最小,但拖雷是最厉害的。拖雷本人是神一般的大侠,在成吉思汗子孙中对蒙古功业贡献最大。但是为了大局、为了蒙古人的"义",毫不犹豫舍弃皇帝的位置,又毫不犹豫赴死。但是上天不可欺,拖雷的几个儿子都厉害得很,蒙哥和忽必烈先后成为皇帝,另一个儿子旭烈兀西征自立一国,其实也是皇帝。拖雷系成了黄金家族的主脉。

旭烈兀是个猛人,把盘踞深山逾百年、令欧亚大陆神权和政权大人物谈虎色变的刺客教派——伊斯兰教阿萨辛派给灭了!金庸小说《倚天屠龙记》中张无忌他们明教的波斯总坛,大约就是阿萨辛派的影子。阿萨辛派在深山中建有数以百计的城堡,拥有土地和人民。这个教派有多牛、多毒、多狠呢?把中国现代各类武侠小说中的什么名剑山庄、四川唐门、武当少林、五岳剑派绑在一起，也就配给阿萨辛派看家护院吧。而"上帝之鞭"不仅扫荡了基督教的领地欧洲，其旭烈兀西南支也扫荡了古往今来第一刺客教团！它的威力之猛可想而知。在这样强悍的君主和政权面前，元、明两代，江湖已经彻底没有了传统意义上的侠客的立锥之地。

但真正的侠义一直在江湖、在士林、在朝堂，在文明的血脉里顽强绵延，虽然被一路打压，总算没被阉割，反而造就了一大批思想的巨匠，明朝思想家王阳明、李贽，明末清初顾炎武、黄宗羲、王夫之，流寓日本的朱舜水，莫不是侠义之士！而朝堂上的文臣侠义之士，虽然不如前代有名，却也着实不少——于谦、海瑞、杨涟、左光斗都有骨子里的侠义之气在支撑他们做出惊人之举。这些思想家和名臣，用行动、文字和语言，诠释了侠义的终极命题：公平正义、为国为民，而非为一家一姓、一伙一派。

思想巨匠皆大侠

顾炎武、黄宗羲和王夫之，并称"明末清初三大思想家"。崇祯十七年三月十八，崇祯帝朱由检吊死煤山，明亡。这个历史节点，改变了很多人的命运，其中就包括顾炎武、黄宗羲和王夫之。他们三个有很多共同点：

第一，都是优秀的思想家，对于儒学有很好的继承和发扬，并提出了有开创性的思想理念。他们都是饱学鸿儒，不仅在经学上有开创性造诣，而且在历史、音韵、地理、兵学、经济等各方面也有深厚的造诣。

第二，科举考试都不太顺利，屡试不第。本来科举考试是为把那些最优秀、最有学问的人选出来为朝廷服务，但是像三位这样的大学问家居然会落榜，可见当时科举考试已经不能完全起到选拔人才的正面作用了。考试厉害的人，未必真的是人才。

第三，他们都不是高阁里的书呆子，都曾参加抗清，并长期从事反清复明的军事、政治活动。清朝建立之后，反清复明的希望越来越渺茫，清朝政府多次请他们出山，而他们宁愿守住清贫，也要保全气节，拒绝仕清。

顾炎武就是说出"天下兴亡，匹夫有责"这句名言的那位，并撰写了《日知录》《天下郡国利病书》《肇域志》等著作。顾炎武非常博学，学问领域涵盖国家典制、郡邑掌故、天文仪象、河漕、兵农，及经史百家、音韵训诂之学等，相当于十几个专业的博导。

黄宗羲的父亲——黄尊素，也可以称得上是侠客。明朝天启年间，魏忠贤为阉党乱政，黄尊素上书弹劾，结果被魏忠贤迫害惨死在狱中。崇祯元年，崇祯皇帝朱由检智取阉党，黄尊素等人被平反昭雪。在审理阉党案件时黄宗羲出庭作证。这时黄宗羲展示了一波侠客操作：袖子里藏了锥子，上堂时猛地掏出锥子刺向阉党分子许显纯,并痛打崔应元。黄宗羲是经学家、史学家、思想家、地理学家、天文历算学家、教育家。他当时有一个惊世骇俗的观点:"天下为主,君为客","天下之治乱,不在一姓之兴亡,而在万民之忧乐",主张以"天下之法"取代皇帝的"一家之法",提出限制君权,保证人民的基本权利。清朝末年,其实很多共和派人士的思想来源不是西方民主制,而是黄宗羲"天下为主"思想,他的名篇《原君》非常详细地阐述了这种观点。他的代表作有《明儒学案》《宋元学案》《明夷待访录》等。

王夫之年轻时候,正遇上张献忠造反。张献忠手下名将艾能奇,招纳地方贤能时相中了他,把王夫之的父亲王朝聘抓起来当人质。王夫之刺伤自己的脸和腕,假装受伤,成功救出了父亲。崇祯十七年五月,王夫之听说了崇祯皇帝自缢,痛哭不已,写了《悲愤诗》一百多首。他多次拒绝清朝的出仕邀请,写了一副对联"清风有意难留我,明月无心自照人"表明心志。王夫之的思想包含很多方面,有心学、史学、文学等,代表作有《周易外传》《永历实录》《春秋世论》《读通鉴论》《宋论》等。因为他后来在石船山隐居,著书立作,人们称他为"船山先生",他所开创的学派称为"船山学派"。毛主席年轻时候对船山学派非常感兴趣,曾经大量阅读王夫之的文章,还参加了船山学社。

除了他们三人外,还有一位高人叫朱舜水,也是非常有影响力的思想家。和顾炎武、黄宗羲、王夫之类似，生于晚明的朱舜水目睹了明朝灭亡清军入关。朱舜水年轻时候不求功名利禄，而热衷于关心社会民生，并经常对人讲："世俗之人以加官进禄为悦，贤人君子以得行其言为悦。言行，道自行也。"世俗的人为升官发财而高兴，贤人君子为能够言行一致而高兴，做到自己所说的，那就是大道之行了。

明朝灭亡后，朱舜水积极参加反清复明的活动，并加入郑成功、张煌言的北伐部队。后来看到清政权日趋坚固，复明无望，为了保全民族气节，毅然辞别国土，弃离故乡，流亡日本。朱舜水寄寓日本二十多年，仍着明朝衣冠，追念故国。朱舜水流亡日本之后，为日本人讲学，在讲学时摒弃了儒家学说中的空洞说教，提倡"实理实学、学以致用"，认为"学问之道，贵在实行，圣贤之学，俱在践履"，他的思想对日本水户学有很大影响。朱舜水非常准确地找到了后期儒家所产生的问题，其实不是儒家思想本身有问题，而是大家全把它当成教条，不去实践，说一套做一套。朱舜水还把中国先进的农业、医药、建筑、工艺技术传授给日本人民。以舜水学说为宗旨的"江户学派"一直影响到"明治维新"，为日本的繁荣与进步做出了贡献。朱舜水死后，他讲学的书札和问答由德川光国父子刊印成《朱舜水文集》二十八卷。

朱舜水去世时念念不忘祖国。他留下遗言：

> 予不得再履汉土，一睹恢复事业。予死矣，奔赴海外数十年，未求得一师与满虏战，亦无颜报明社稷。自今以往，区区对皇汉之心，绝于瞑目。见予葬地者，呼曰"故明人朱之瑜墓"，则幸甚。

我见不到中原光复的那一天了，在海外几十年，也没与满虏一战，没有脸面报效大明社稷。皇汉之心，天地可鉴。在我葬的地方，写下"故明人朱之瑜墓"，我就心满意足了。朱舜水死的时候，人们发现他储蓄了三千多两黄金，这是他希冀恢复国家的经费，人们终于明白了他在日本期间那么省吃俭用的原因。朱舜水的侠义不仅体现在对故国的深沉感情，也体现在他对日本文化和经济做出的杰出贡献。这是真正的侠义之士。

巨侠王阳明

我们开篇就提到了王阳明。王阳明的心学对后世影响非常大，他所提出的"知行合一"的认识论和实践论，对哲学发展做出了巨大的贡献。王阳明不仅是一个伟大的思想家，同时是伟大的政治家、军事家、教育家，他亲自带兵剿灭大叛乱，他的门徒遍布天下，集理论、实践于一身。这样的人从世界范围看都是屈指可数的。

王阳明名王守仁，阳明是他的号。王守仁的父亲王华曾经高中状元，是一个超级学霸。俗话说望子成龙，王华当然希望儿子王守仁也像他自己一样科举高中、当大官光宗耀祖。王守仁同学少年时期学习也还不错，二十多岁中了进士。虽然没中状元，王华也感到比较满意。王守仁少年时候培养了一项爱好，也就是古代侠客都有的爱好——骑马射箭，观察山川地形。当了官之后，他提过一些关于军事的条陈建议，于是被调到了兵部。

但是王守仁居然有一个非常奇葩的理想——当圣贤！在启篇我们提到"格竹"的故事。王守仁同学想试验一下朱熹"格物致知"的理念，每天盯着竹子看，最后把自己格病了。王华很担心，感觉这孩子走火入魔了。天才总是不被人理解的，王华中了状元，那是人才，但他不知道，他儿子是天才。天才总是比常人曲折更多。王守仁的曲折才刚刚开始。正德皇帝朱厚照重用太监刘瑾，刘瑾权势熏天，一次抓了南京给事中御史戴铣等二十多个人。古道热肠的王守仁为这二十多人辩护，惹恼了刘太监，被廷杖四十，贬谪贵州龙场当驿丞。

从兵部主事贬到了山僻小县的驿站站长，这个跨度不是一般人能承受的，更要命的是还受到廷杖。廷杖是明朝特有的惩罚大臣的措施，就是在紫禁城里当众打屁股，让犯错误的大臣身体和心灵都受到伤害。廷杖是用很粗的木棍打，被廷杖打没命的大臣多了去了。王守仁在廷杖下捡了条命，在伤势很重的情况下就踏上了去贵州的路。刘太监有一个特点，那就是害人害到底。在王守仁去贵州的路上还安排了追杀，王守仁假装跳河自尽才躲过一劫。

千辛万苦、万里迢迢到了贵州龙场，王守仁才发现：这地方比想象中还要差。《明史》中说那里"万山丛薄，苗、僚杂居"，全是山，土地非常贫瘠，粮食产量极低，而且少数民族杂居，没有开化，中原的礼义他们一概不懂。王守仁估计当时内心是很崩溃的。但是天才的不同，就在于任何环境，都能发出自己的光芒。王守仁很快就适应了环境，并且一边与当地少数民族同胞同耕种，一边思考哲学。

王守仁在龙场悟出了一个伟大的道理："圣人之道，吾性自足，向之求理于事物者误也。""格物致知"不灵，人不应该只通过外界的事物来认识自己和世界，而应该内求诸己，从自己内心的良知和秉性来挖掘自己的潜能，修炼自己，史称"龙场悟道"。"龙场悟道"正是阳明心学的开始。正德四年，王守仁在龙场待了三年多，贬谪时间到了，朝廷把他调到江西吉安当县令。俗话说，天道好轮回，苍天饶过谁。刘太监因为作恶多端，被除掉了，王守仁的厄运结束了。王守仁在官场有了起色，再次回到北京。兵部尚书王琼非常赏识他，推荐他巡抚南（安）、赣（州）、汀（州）、漳（州）等地。王守仁在这些地方建立了不朽功业。

王守仁巡抚的地方，盗贼泛滥且猖獗。猖獗到什么程度呢——前任巡抚称病跑了，好几位官员被盗贼杀了。王守仁面对的是一个烂摊子。但是王守仁的与众不同就在于敢于担当，迎难而上。他采取了剿抚并用的方针，一边用他少年练就的出色军事才能痛击盗匪，另一方面，出台一些政策，对各路盗贼实施招抚，让这些盗贼离心离德，各个击破，慢慢就有很多盗贼在军事和政策双重压力下归附了朝廷。

王守仁剿灭盗贼成果丰硕，于是朝廷又给他升了官，并又派他去福建剿匪。结果在他去福建上任的路上，发生了一件大事——宁王朱宸濠造反。朱宸濠是什么人呢？明太祖朱元璋在天下初定时候，给自己的儿子都封了王，永乐皇帝朱棣是燕王，朱棣有个兄弟叫朱权，被封为宁王。当年朱权参加了朱棣发动的"靖难之役"，属于有大功的，朱宸濠就是朱权的后代。照理说，这件事和王守仁没什么关系，他去他的福建，朝廷里并没有一个人给他下命令让他去平定叛乱。再说了，朱宸濠是皇亲，起兵时有十万多人马，万一不敌，身家性命不保。更要命的是，此时他手上没有兵，在剿灭盗贼后，兵符已经上交了——没有兵打什么仗啊，赶紧装作不知道去福建吧。王守仁一点也没有犹豫，赶赴吉安，招募义兵，征集粮草，出兵勤王。在平定宁王之乱的战争中，王守仁发挥了他卓越的军事才能：攻其必救、围魏救赵、欲擒故纵、诸间齐发、虚张声势、声东击西……一通神操作，打败十倍于己的叛军，捉住了朱宸濠。一个手上没有现成军队的人，居然平定了十万人的王爷造反。在官场、军事实践的摸爬滚打中，阳明心学又有了新的发展,后来他又被朝廷派去两广剿灭盗贼,真正做到了"为天地立心,为生民立命,为往圣继绝学,为万世开太平"。王阳明临终前很潇洒地对弟子说:"此心光明,亦复何言!"

顾炎武、黄宗羲、王夫之、朱舜水、王阳明都兼具侠客气质。其实很多思想家身上都不乏侠客气质。对于伟大的思想家,汉语中有一个词——圣贤。圣贤其实由两个部分组成,"圣"和"贤"。孔子认为"博施于民而能济众……必也圣乎",对于人民大众能做到博爱和仁义,这就是"圣"。"贤"在《论语》中也出现很多次,比如孔子说求仁得仁谓之贤,识文武之大道者谓之贤,一箪食一瓢饮在陋巷的颜回谓之贤……其实归结起来,心中有仁有义,不求回报,并且能够在实际的工作和生活中去身体力行,就是圣贤,这不正是大侠的特质吗?能够达到圣贤级别的思想家,身上的魅力,其实不仅来自其精深的思想,同时也因其闪烁着侠义的光芒。没有侠客气质的人,心中没有仁义的人,是不可能成为伟大思想家的,顶多算是知识丰富的学者。

粉身碎骨浑不怕

千锤万凿出深山,烈火焚烧若等闲。
粉身碎骨浑不怕,要留清白在人间。

这首《石灰吟》的作者是明朝名臣于谦,一位立于朝堂之上的大侠。明朝中期发生一件大事——英宗皇帝被蒙古瓦剌部俘虏。明英宗朱祁镇重用太监王振，王太监虽然能力差，但是充满了梦想，梦想自己有一天驰骋疆场，扬名立万。这就是传说中的志大才疏。王振怂恿朱祁镇御驾亲征瓦剌，朱祁镇居然答应了。就这样，几十万大军浩浩荡荡开到土木堡，中了蒙古人的计，造成了四个严重的后果：

第一，几十万大军几乎全军覆没。

第二，京城空虚。朱祁镇出征时候，把京城能带的军队都带走了。

第三，明英宗被抓。一个国家的元首当了俘虏，政治影响太大了。

第四，蒙古人知道北京守备空虚又抓了皇帝，决定乘胜占领北京城。

这件事对王振来说后果也非常严重，他在战场上直接被乱刀砍死了。消息很快传到北京，大家都惊慌失措。土木堡在京西怀来县，看一下地图就知道它离北京有多近。局势危急，很多大臣建议迁都，收拾细软赶紧往南跑。有一个叫徐珵的人说他夜观天象，见天象有变，应该向南迁都。一个人站出来厉声喝道："言南迁者，可斩也。"这个人就是于谦。于谦说："京师天下根本，一动则大事去矣，独不见宋南渡事乎！"(《明史》)国家危急，现在迁都，将会在政治上陷入极大的被动，看看南宋的情形就知道。

确定了不迁都之后，最重要的是采取措施。于谦建议：

第一，利用有限的军队，有效组织北京保卫战。

第二，拥立新君。这一点也很关键。一旦瓦剌用被擒的皇帝要挟，将陷入极大的被动。立新皇帝，原皇帝称太上皇，这样既不违背伦理，又让瓦剌手里的皇帝成了一张废牌。接下来的问题围绕上面的两个主要措施采取行动：

其一，当时是朱祁镇的弟弟郕王朱祁钰监国，于谦请郕王"檄取两京、河南备操军，山东及南京沿海备倭军，江北及北京诸府运粮军，亟赴京师"。这样有序的调动，让人心稍微稳定了一些，朱祁钰任命于谦为兵部尚书。

其二，"请饬诸边守臣协力防遏"，下令给各驻守边疆的大臣和将领，让他们注意防备。

其三，采取紧急措施，招募民兵，让工部修缮器甲。派得力能干的将领分兵把守京城九门要地。

其四，坚壁清野。把附近几个县城的居民迁入北京城，让官军各自领取通州的粮食不留给敌人。

其五，任用将帅。于谦表示，军旅的事情，他来负全责，如果有问题，甘愿领罪。这话说得顶天立地，再加上前面的布置非常有序妥帖，朱祁钰感到放心，大家也都肯服从。

其六，拥立新君。朱祁镇的儿子朱见深是太子，但是年龄太小了，在这种危急关头肯定不合适。于是于谦率众臣推戴郕王朱祁钰为新君，并上表朱祁镇为太上皇。朱祁钰半推半就登基,改年号景泰。

在于谦精心布置下,将士用命,百姓同仇,大明江山社稷保住了,朱祁镇的命也保住了,若干年后,朱祁镇被送回了北京。前面提到的夜观天象建议南迁的徐珵,后来改名叫徐有贞。朱祁钰身体快不行时,徐有贞和石亨等人一起发动"夺门之变",拥立朱祁镇复辟、重新当了皇帝。于是徐有贞成了朱祁镇的功臣。徐有贞当年被于谦呵斥一直怀恨在心,鼓动朱祁镇把于谦杀了。

这可能是大侠的宿命吧,在危难的时候挺身而出,功成之后也该离场了。于谦在关键时刻挽狂澜于既倒,担起江山社稷的重任,稳定了君心、臣心、民心,这样的大义天地可鉴,必将彪炳史册。

难得的平民侠客

《五人墓碑记》讲述了五位平民侠客的故事,作者是复社领袖张溥。事情发生在魏忠贤乱政期间。苏州有一位官员叫周顺昌,《明史》中说他"刚方贞介,疾恶如仇"。他曾经对人说:你难道不知道这个世界上有不怕死的大丈夫吗?你去告诉魏忠贤,原吏部郎官周顺昌就是!然后又骂了魏忠贤很多话。魏忠贤一看这个姓周的这么不识时务就下令抓。苏州的老百姓不干了,于是群情激奋,大家先是去衙门请命,一下子居然聚集了数万人。另外有一些比较正直的官员也去求情,那帮人不干,还说"东厂逮人,鼠辈敢尔",还试图把求情的人抓起来。于是大家火了,"蜂拥大呼,势如山崩",暴打了东厂鹰犬。

这还了得!当地衙门大肆搜捕参加暴动的人,苏州城里人人自危。颜佩韦、杨念如、马杰、沈扬、周文元五人为了不让全城百姓受连累,自愿去投案自首,愿杀身以谢。五个人在刑场上,"意气扬扬,呼中丞之名而詈之,谈笑以死。断头置城上,颜色不少变",一边直呼巡抚名字一边骂,谈笑风生,意气扬扬,勇敢无畏。上断头台时候,神情泰然自若。为了保全全城百姓慨然赴死。张溥在《五人墓碑记》中赞道:"五人生于编伍之间,素不闻诗书之训,激昂大义,蹈死不顾。"五个人是普通的百姓,也没怎么读过书,但是激昂大义,不顾生死。五个人被葬在了虎丘山前。《古文观止》的编者赞《五人墓碑记》"议论随叙事而入,感慨淋漓,激昂尽致。当与史公《伯夷》《屈原》二传并垂不朽"。多少达官显贵的华丽辞章都淹没在历史长河中,这篇墓碑记则流传了下来。

[第十五]

侠之气者,恩怨江湖

元末明初开始,侠义精神和文化出现两个明显的分支,其一就是现实世界中的思想巨匠和朝堂文官,其二就是小说的虚拟世界。明朝时文学史上非常重要的一种文体出现了——章回体小说。章回体小说是我国古典长篇小说的唯一形式,由宋元讲史话本发展起来。章回体小说相比于宋元讲史话本,人物塑造更加突出,描写手法更加细腻,故事情节更加复杂,逐渐发展为文艺创作的主流。

鲁迅在《中国小说史略》中将明朝的小说分为讲史(历史演义)、神魔、人情、拟宋市人小说(拟话本)四大类。明朝的小说汗牛充栋,虽然次品很多,但也不乏流传千古的杰作。讲史类的杰出代表为《三国演义》《水浒传》;神魔类的代表作为《西游记》;人情类的代表作为《金瓶梅》,拟话本类的代表作为"三言二拍"系列(《喻世明言》《警世通言》《醒世恒言》《初刻拍案惊奇》《二刻拍案惊奇》)。人们将《水浒传》

《三国演义》《西游记》《金瓶梅》称为"四大奇书"。后来到了民国，由于种种原因，把《金瓶梅》替换成了《红楼梦》，成为我们现在熟知的"四大名著"。可以说，明朝是中国小说史上非常重要的发展阶段。在明朝，章回体小说成为传承侠义文化和侠义精神的重要源流。

《金瓶梅》与侠义

有人会想：《水浒传》自然与侠义有关，《金瓶梅》被鲁迅归为人情小说，怎么会和侠义有关呢？在中国这两本书必读，并且要反复读。毛泽东曾经五评《金瓶梅》，他认为《金瓶梅》是如同《官场现形记》一般的谴责小说，暴露黑暗。1956年2月20日，毛泽东在听取重工业部门工作汇报时对万里等人讲："《水浒传》是反映当时政治情况的，《金瓶梅》是反映当时经济情况的。"（徐中远《毛泽东三评〈金瓶梅〉》）1961年12月20日，他在中共中央政治局常委和各大区第一书记会议上说："你们看过《金瓶梅》没有？我推荐你们看一看，这本书写了明朝的真正的历史。"（龚育之等《毛泽东的读书生活》）或许有人说这是出于研究社会的需要：《水浒传》里是宋朝社会的影子，《金瓶梅》里是明朝社会的写实。其实理解到这个层次还是低了，我是这样认识的：这两本书就是中国常态社会的写实，在某种假设之下的中国社会，逃不出这两本书的描述，读懂这两本书，会助你读懂中国社会。这个假设就是：如果没有出现中国共产党，则中国社会，盛世必然是《金瓶梅》，乱世必然是《水浒传》；或者说一面是《金瓶梅》——有王法的时候，另一面就是《水浒传》——没有王法的时候；抑或可以说必然是从《水浒传》到《金瓶梅》，又从《金瓶梅》到《水浒传》的不断循环往复，"二十四史"是黄炎培先生所说的"周期律"的枯燥的记载，而这两本书就是周期律的活生生的写实。读懂中国社会有很多途径和方法，把这两本书各读百遍，是终南捷径之一。

虽然如此，《金瓶梅》跟侠义有什么关系呢？是这样的：不知各位读者发现没有，《水浒传》是最推崇侠义的，算是侠义思想和故事最多的古典小说，以侠义对抗暴虐和凉薄。而《金瓶梅》恰恰相反，是侠义最少而世故最多、凉薄最多的，粉色迷蒙的兴旺中，没有丝毫的忠和义、戒与惧，驱动人们行为的，只有赤裸裸的利益和欲望，人与人之间的关系，只有利用和被利用、欺骗和被欺骗、欲望的无休止升级，其兴旺背后的悲凉，甚至超过了《水浒传》刀光剑影的黑恶江湖。从侠义的角度去看，这也就是不讲侠义之极！格非先生评说《金瓶梅》：

> 对法律的悲观、对人情的冷漠，对功利的追求，而且追求功利时对任何东西不管不顾的决绝，《金瓶梅》的笔

触实在是太冷了。最重要的是你会有一种恍惚感,你会觉得这个不是历史小说,而是一本跟当今世界现实有复杂关系的书,《金瓶梅》中的生活远远没有结束。

……

《金瓶梅》把整个世情如实呈现在你面前……它不仅如实记录,而且对记录的东西完全否定,它一定要让你从中看到"假"。真中有假,最后都是"假"……它告诉你,你追求的所有世俗的东西,就是一个"妄"字。(格非《〈金瓶梅〉中的生活远远没有结束》)

问题是,最不讲侠义的恰恰是六百年来的传统社会令人向往的,按照这个逻辑推理,那人们活着不就是为了遭遇和享受这样的兴旺和悲凉吗?这就很能令人深思了,理解到这个层次,也有助于我们理解"复兴梦"的伟大及其任重道远。

承上启下《水浒传》

《水浒传》是元末明初的人写宋人的事儿,假借宋人的故事,是写得最热闹的一本书。《水浒传》所记载的故事是侠客彻底退出前的绝响,同时也是侠义故事大兴的领头羊、开创者。历来文学研究者都对《水浒传》评价非常高。明末金圣叹评价《水浒传》说它是"第五才子书",认为《水浒传》堪比

《庄子》《离骚》《史记》和杜甫的《杜工部集》。《水浒传》的文学成就非常丰富，比如以下几个方面：

一是结构严谨。金圣叹赞《水浒传》说"章有章法，句有句法，字有字法……看得《水浒传》出时，他书便势如破竹"，"章有章法"就是讲《水浒传》令人赞叹的严谨结构。《水浒传》有完美的对称性。比如，天罡地煞大循环与个人功罪小循环。开篇讲洪太尉放出一百零八个魔君，三十六天罡星、七十二地煞星，最后《水浒传》对这一百零八人，也就是梁山一百零八将的结局都有交代，每个人结局和他的功罪之间都暗中关联——作者什么也没评说，但读者可以通过人物结局，倒推出作者对每个人的褒贬。

在梁山的对外出征和防守战也多对称，比如两打高唐州、两打芒砀山等，最精彩的是两次三打：三打祝家庄和三打大名府。两次三打的内在结构精妙，完全感觉不出重复。比如描写走江湖，宋江、鲁智深、戴宗三中蒙汗药；鲁智深、武松分别行走瓦罐寺、蜈蚣岭，又分别遇恶僧、恶道；林冲、武松两抢酒。再比如，描写公门——董超、薛霸两起解，朱仝、宋江两放水；描写市井——潘金莲、潘巧云双出轨，小人物郓哥与唐牛儿等。《水浒传》的高妙在于，在对称性堪称完美的同时差异性也无可匹敌，虽然对称，但情节绝不雷同，丝毫看不出重复。在读《水浒传》时，体会结构是一件非常有挑战和有趣的事。不要轻率地认定哪个地方有疏漏，除了几处微不足道的瑕疵，全书可以说是严丝合缝，也就是说如果读者发现哪个地方不对称，或者说只见上文不见下文，那很可能不是疏漏，而恰恰是关键所在！

二是人物传神。《水浒传》虽然是长篇小说，但是与后世很多武侠小说相比，篇幅绝不占优势。但是《水浒传》在一定篇幅内，刻画了极多栩栩如生的人物形象。金圣叹评价说：

> 《水浒传》只是写人粗卤处，便有许多写法。如鲁达粗卤是性急，史进粗卤是少年任气，李逵粗卤是蛮，武松粗卤是豪杰不受羁靮，阮小七粗卤是悲愤无说处，焦挺粗卤是气质不好。(《读第五才子书法》)

只一个粗鲁，就能写出这么多的特点。再比如写细致，李逵和鲁智深都有细致的地方，但是读来却截然不同。李逵的"细"里带着几分幼稚，这正是李逵天真、老实的自然表现。每次"李逵寻思"的内容出现的时候，李逵的形象就更加立体，他越寻思，越表现出幼稚可爱的一面，这是非常走险的笔法，被作者运用得纯熟自然。而鲁智深的"细"，却又不同。比如打死镇关西后的机智逃脱，暗地护送林冲途中观察的细致和行动的稳健等，这种"细"正是他浪迹江湖，深知江湖险恶和朝廷腐败而积累的斗争经验的表现。李逵和鲁智深同样都是粗中有细，《水浒传》却写出如此不同，真是不简单。

三是格局宏大。比起《三国演义》来，《水浒传》的格局要宏大。《三国演义》有一个很鲜明的主旨：尊刘贬曹，其实也就是维护汉朝刘氏的一个正统，所以在人物塑造上，往往囿于主旨而刻画不真实，鲁迅先生曾经在《中国小说史略》中评价《三国演义》说，"至于写人，亦颇有失，以致欲显刘备之长厚而似伪，状诸葛之多智而近妖"，为了显得刘备敦厚实在，结果写得有些做作、虚伪了，为了写诸葛亮有智慧，写得太过，像妖孽了。这是《三国演义》比较大的一个问题。

《水浒传》则不然，它是站在上天的角度。作者施耐庵是在用上天之眼去观察与描述，只按照这个人物的性格发展和情节发展写下去，不故意显示什么，在真实的基础上进行艺术提炼，所以写出的人物非常立体、生动。第一主人公宋江，施耐庵并没有把他写成一个高大全的人物，宋江有英雄气，但是也有小心眼的时候。金圣叹认为宋江是天底下最虚伪、最奸诈、最坏的小人，而李贽却认为宋江是大忠大义的大英雄。其实他们是没能理解，当梁山泊这样一个组织的一把手，既需要真、诚、信、义，但也免不了用些不那么经得起道德评判的手腕，哪有那么单纯靠"德"就能平衡、统领好那么多山头，带好一支复杂、庞大、狂暴的队伍的？施耐庵所描写的宋江，恰恰是一个非常真实、经得起研究和推敲的领导者，他的性格是立体的。

《水浒传》的艺术魅力说不完。从侠义的角度来看，《水浒传》的出现，让武侠小说这一门类开始真正形成并日趋成熟。

武侠小说泰山北斗

《水浒传》属于白话通俗小说，在通俗小说内也可以归入"武侠"类别。"侠"从一开始的正史传记，发展到出现游侠诗、传奇等，写侠客的文学作品是武侠小说正式出现的前奏，丰富了侠的内涵，武侠小说呼之欲出了。"武侠小说"这个概念诞生于20世纪之后，包括《水浒传》在内的这些作品当时并不叫武侠小说，人们把它归为讲史。后来武侠小说成为单独的门类之后，《水浒传》等就被归为这一类。武侠小说经过了千年演变，发生了相当大的迁移。但无论《三侠五义》《江湖奇侠传》，还是《七剑下天山》《书剑恩仇录》，都跟《水浒传》保持着精神上的血脉关联。论及武侠小说，《水浒传》无愧为第一范本。

《水浒传》的主要故事情节有武有侠、以武行侠。"非特武松、鲁达等人，英风动山岳，高义薄云天；即水泊之喽啰，酒店之火伴，亦隐隐有侠气。"（朱一玄，刘毓忱编《中国小说大家施耐庵传》）定一称赞《水浒传》说："以雄大笔，作壮伟文，鼓吹武德，提振侠风，以为排外之起点，叙之过激，故不悟者误用为作强盗之雏形，使世人谓为诲盗之书，实《水浒》之不幸耳。"（《小说丛话》）不仅如此，较之唐传奇等文学作品，《水浒传》扩大了侠义的范围，一方面有哥们儿义气，有好汉之间"准血缘"关系所构成的相知、相随,进而产生的重义轻生之举,另一方面有"替天行道"杏黄大旗下的以忠义为代表的大义,为后世武侠小说创作开拓出一片沃土。《水浒传》是中国古代最伟大、最杰出的武侠小说,这是被学界所公认的。即便跟今天最好的武侠小说比,也仍然傲居上游。

义的层次

我在《水平,悟水浒中的领导力》一书中,曾经归纳了"梁山十义士":武松、顾大嫂、柴进、朱仝、朱武、史进、宋江、李逵、石秀、鲁智深——最讲义的十个人。然后给他们分了六个等级。为什么能有这么多义士,而且能够分等级呢?就是因为《水浒传》这本书写得好,所以方便我们去总结它。

第一层,不平则鸣、快意恩仇。当不平的事情加到自己或家人的头上的时候,敢于发声,敢于行动,这是最本能、原始的一种义。这看似平常,其实不简单,很多人,当不平强加于自己以及家人的时候是不敢说话的,比如林冲,空有一身本事,面对不平,再三再四隐忍退让、委曲求全。连自己和亲人遭受不平都不能挺身而出,你怎么能指望他为普通朋友出手?遑论不相干的路人呢?!所以能够不平则鸣、快意恩仇,是最典型、最基础的义。

《水浒传》中不平则鸣、快意恩仇的有两个代表性人物,一个是行者武松,另一个是母大虫顾大嫂。武松在景阳冈打虎后，当了阳谷县都头，并巧遇哥哥武大郎和嫂子潘金莲。潘金莲与阳谷县的药商西门庆勾搭成奸，在武松去东京出差期间，谋杀了武大郎。武松回来后觉察到哥哥死得不正常，作为一个基层执法者，武松周密取证，于哥哥灵前杀死了潘金莲，并在狮子楼斗杀西门庆，然后投案自首。武松为自己的哥哥讨回了公道。

顾大嫂和她的丈夫小尉迟孙新在登州开酒店。他们家在登州有势力：孙新的哥哥是登州武功高强、大名鼎鼎的兵马提辖病尉迟孙立。孙立的大舅子铁叫子乐和在登州监狱当警察。顾大嫂的表弟解珍、解宝是登州城外猎户，本领高强。孙新还有两个朋友邹渊、邹润在城外登云山落草。解珍、解宝用伏弩射中了一只猛虎，老虎负痛滚下山去，落进毛太公的庄园。当他们下山问毛太公要虎时，毛太公父子诬陷他们入室抢劫。毛太公的女婿是州里的六案孔目，买通了知府，要害两人性命。顾大嫂组织实施了武装劫狱，反出登州投奔梁山。顾大嫂为自家表弟毅然出手，态度坚决、毫不迟疑，行动迅速，做得干净彻底。

第二层，排忧解难、扶危济困。《水浒传》里的所谓讲义气，还有一个比较热的词就是"仗义疏财"，有财而舍不得给别人的，那肯定是不够义气的，也得不到社会的认可。比如，《水浒传》中最大的富豪卢俊义，没有仗义疏财的名声和行为，当他遇到危难时，亲友和身边人，除了燕青，没有人伸出援手。而与他相反，只要是朋友、乡邻、江湖上有困难的人，但凡有人来投奔，宋江都尽力资助，病了买不起药送药，死了买不起棺材送棺材，博得了"及时雨"的美名，宋江是排忧解难、扶危济困的典范。

第三层，路见不平、拔刀相助。对于跟自己没有关系的陌生人遭受不平等，能够担当风险、不计得失、出手相助。典型的就是石秀和史进。病关索杨雄是蓟州监狱的节级兼行刑剑子手，一天处决完犯人后，拿着财物回家，被军痞张保带领一群无赖拦截并抢走了财物。拼命三郎石秀卖柴经过此地，路见不平一声吼，挺身而出，打跑了张保，夺回了财物。史进在少华山落草，一天小喽啰截下一个叫王义的配军。王义有个漂亮的女儿叫玉娇枝，被华州贺太守强占，并找了个理由把他发配出去。史进连夜进城刺杀贺太守，要为王义夺回女儿，结果失手被擒。史进、石秀为素不相识的人果断伸出援手，不论成败，都是真义士。

第四层，舍己为友、甘冒风险。为了朋友，甘愿自己承担明显存在的风险，典型的是神机军师朱武和美髯公朱仝。朱武和陈达、杨春三个人在少华山占山为王。山上缺粮，想到华阴县去抢粮。华阴县和少华山中间隔着史家村，庄主是九纹龙史进，史进武艺高强，在当地没有对手。陈达表示不服气，带队伍强闯史家村，被史进抓了。朱武冒险施苦肉计，让小喽啰把自己和杨春都绑起来，送给史进。虽然朱武期望史进能看在他们义气深重的分儿上，把陈达放了，但实际上冒了极大风险——史进完全有可能把他们三个献给官府。朱武为了陈达舍己为友、甘冒风险。

朱仝和他的朋友插翅虎雷横都在郓城县当都头。雷横看霸王戏，跟歌妓白秀英父女发生冲突，打伤了白父。白秀英是知县相好，专门从东京来郓城县搞创收的。知县抓了雷横示众。雷横母亲来看望他，被白秀英当面侮辱，雷横一怒之下打死了白秀英。知县派朱仝押送雷横去济州。路上朱仝把雷横的枷锁打开，对他说"你赶紧回家，带上老娘逃命走吧"，雷横说，把我放走了你怎么办呢？朱仝说，你不走就死定了，而我把你放了罪不至死，坐几年牢就出来了。朱仝为了朋友甘愿被发配、坐牢。

第五层，舍己为友、不计生死。在明知必死的情况下，为了朋友还毫不犹豫地出手。最典型的是李逵和石秀。当宋江和戴宗在江州府被押到市曹十字路口，午时三刻准备要处斩时，突然十字路口茶坊楼上半空中跳下一个人来，手持板斧，脱得赤条条的，大吼一声，砍翻刽子手，又奔监斩官。这个劫法场的人就是李逵。江州有五七千军马，李逵虽然愣，但绝不傻，一个人即使劫得了法场，带着两个被打得半死的人又能跑到哪里去？但是李逵没有瞻前顾后，明知必死，为了朋友，能静静潜伏、及时出手，这真不是一般的勇气和担当。

卢俊义从梁山回大名府后，石秀被派去大名府打探卢俊义的消息。及至石秀到了大名府，才发现官府马上就要处斩卢俊义。大名府是宋朝的军事重镇，比江州的军马更多数倍，而此时在大名府的梁山好汉只有石秀一个人。石秀义无反顾，毫不畏惧，一个人、一口刀，跳下楼去劫法场，没有丝毫的犹豫。相比李逵，石秀的义气更深重一些，因为石秀跟卢俊义的情分比李逵与宋江、戴宗要浅，而石秀在大名府面对的形势比李逵在江州面对的形势险恶。所以，石秀明知必死而毫不犹豫地为之，是水浒义士中义气最深重的人之一。

鲁智深的大义

我把前面五个归为一类，叫"小义"。小义基于亲情、友情、同情。而最后一个层次专门归为一类，给它下个定义就是"大义"。《水浒传》里也有大义，典型代表就是鲁智深。鲁智深原名鲁达，是大宋西军著名将领种师中手下的一名提辖。从他日常要为种府买菜、买肉这个事看，大约是一名副官。他为人豪爽、热情，功夫高。鲁达喜欢救人，救人有四条原则：一是不畏强者、专救弱者。二是不论是否与自己有关系，朋友要救，无关的人也要救。三是救人就救彻底，救金翠莲父女，为防止郑屠追赶，又假作买肉去纠缠他，直至激恼并三拳打死了郑屠；桃花村救刘太公女儿，为防周通反悔，让他折箭为誓；在野猪林救林冲，一路护送到林冲离开险境。四是在行动中有大无畏精神，丝毫没有考虑自己的得失和危险。

鲁达避祸上了五台山当和尚，法名鲁智深，在五台山上不守戒律，惹得众和尚怨声载道，但他的师父智真长老，屡屡回护鲁智深,并劝诫众人说,鲁智深有慧根、有佛性,比咱们这些人都强。不要说这些和尚,我相信几百年来多数《水浒传》的读者也不明白智真长老在说啥。近年我逐渐有悟:智真长老确实独具慧眼,鲁智深确实与平常人不一样,因为他的心不在自己身上,关注和悲悯的是人间的疾苦。鲁智深在俗世而不避世,本能地做到无我——智真长老洞察了这一点,智真之"智真"正在于此,鲁智深是真佛陀!

江湖的义气

《礼记·乡饮酒义》中说,"天地严凝之气,始于西南,而盛于西北。此天地之尊严气也,此天地之义气也",大概这是对义气最早的解释,义气某种程度上代表一种威仪和凛然正气,《说文解字》对"义"的解释是:"己之威仪也。"一开始义气其实是一种个人的形象和气质。而在后世中,随着《史记》等传义的作品深入人心,经历漫长的演化,义气逐渐在基层人民中演化成为一种道德化的感性概念,从而能够建构出一个完整的,基于义气联系的庙堂之外的世界。

《水浒传》就塑造了这样一个道德理想化的江湖社会。《水浒传》的前半部分通过对每一个人出身、处境都不同的草莽英雄的描述,从个人经历中表达着对社会和官场的鞭笞,这些好汉因循着自己义气生活和品质的逻辑,最终走上了梁山。这些人身份不同,地位不同,柴进属上流社会,"三阮"又是在社会底层，而正是"义气"这个要素让这些身份、阶级完全不同的人能够彼此理解和尊重，并认同各自的价值观。到了第七十一回，梁山的聚义形成，成了典型的由义气建构的江湖社会。

学者王启梁在《不能治江湖亦不能治大国：读〈近代中国城市江湖社会纠纷解决模式〉》一文中说：

> 义气包含了底层人物对人生意义的追寻和理解，奇妙的是这种底层的生存习性、人生意义与中国传统社会中的主流价值之间虽有差异，却有着内在的勾连。……江湖社会是一种道德存在的社会，"义气"统领着底层人物的精神世界……

《水浒传》很分明地写出了义气在当时社会中的存在。一方面，庙堂之上的人虽然有儒家作为思想统一的力量，但是儒家的仁义道德显然并不是真正庙堂中人所秉持的思想和行为指导，他们其实仍然是以地位、官位和等级秩序作为统御力量。高俅可以轻易逼走王进，陷害林冲，可以在殿帅府中对地位比自己低的人为所欲为。在这种情况下，自然会催生出底层人民对于"义"的强烈向往，在基层社会中会有"轻财货、敦友情、笃信义、重然诺"等表现的好汉抑或是侠客出现，让官僚体系与基层社会进一步产生撕裂。韩毓海教授在《五百年来谁著史》中指出，中国古代社会官僚集团对于基层管理全面缺位，一方面是经济原因，分散的小农经济以及混乱的货币制度让国家组织能力存在缺陷；另一方面是价值认可的差异，真正把握了儒家精神精髓的可能恰恰是基层人物的义气，正如孔子所说，"礼失求诸野"。《水浒传》正是把这种基层义气典型化，其之所以产生深远影响，与它成功地将基层大众的情感诉求、价值诉求充分表达出来有关，《水浒传》更为难能可贵的是在义气的基础上发展出了大义。

"替天行道"与大义

《水浒传》中多次写到"替天行道"这个词，甚至假神之口而言之，宋江遇到九天玄女时，九天玄女对他说："宋星主，传汝三卷天书，汝可替天行道：星主全忠仗义，为臣辅国安民；去邪归正；勿忘勿泄。"宋江在劝徐宁上梁山时对徐宁说："见今宋江暂居水泊，专待朝廷招安，尽忠竭力报国，非敢贪财好杀，行不仁不义之事。万望观察怜此真情，一同替天行道。"不光对徐宁，宋江在劝人上梁山用得最多的话就是"共聚大义，一同替天行道"。

于是"替天行道"成为举大义的一面旗帜。宋江在立起大旗，给好汉排座次时说了这样一段话：

> 宋江鄙猥小吏，无学无能，荷天地之盖载，感日月之

> 照临，聚弟兄于梁山，结英雄于水泊，共一百八人，上符天数，下合人心。自今已后，若是各人存心不仁，削绝大义，万望天地行诛，神人共戮，万世不得人身，亿载永沉末劫。但愿共存忠义于心，同著功勋于国，替天行道，保境安民。神天鉴察，报应昭彰。

这段话说得非常精彩，包含了个人之义、组织之义。同时将组织之义分为两部分：组织内的义和组织对国家（对外）的义，两部分都属于"替天行道"的内容。

"替天行道"与对外行义。《水浒传》里提到最多的"替天行道"的做法有两种：一种是杀贪官污吏；另一种是梁山好汉每次出征时，或者出征返回的路上，都会强调"所过州县，分毫不扰"，打下了一座城池后宋江经常强调"休教残害百姓"，这就是仁义之师的表现，其实就是在"替天行道"——专杀骚扰百姓的坏人，对百姓行仁政。在第七十一回"忠义堂石碣受天文，梁山泊英雄排座次"中，有一段叙述梁山好汉日常工作生活的话：

> 原来泊子里好汉，但闲便下山，或带人马，或只是数个头领，各自取路去。途次中若是客商车辆人马，任从经过；若是上任官员，箱里搜出金银来，全家不留。所得之务，解送山寨，纳库公用；其余些小，就便分了。折莫

便是百十里、三二百里,若有钱财广积,害民的大户,便引人去,公然搬取上山,谁敢阻当!但打听得有那欺压良善,暴富小人,积攒得些家私,不论远近,令人便去尽数收拾上山。如此之为,大小何止千百余处,为是无人可以当抵,又不怕你叫起撞天屈来,因此不曾显露,所以无有说话。

这种类型的替天行道,其实有点小打小闹的意味,宋江内心仍旧感觉不过瘾。如何才能更好地"替天行道"?梁山好汉对这个问题产生了分歧。以宋江为代表的人认为应该接受朝廷招安,还写了一首词让铁叫子乐和唱出来:

喜遇重阳,更佳酿今朝新熟。见碧水丹山,黄芦苦竹。头上尽教添白发,鬓边不可无黄菊。愿樽前长叙弟兄情,如金玉。

统豺虎,御边幅。号令明,军威肃。中心愿平虏,保民安国。日月常悬忠烈胆,风尘障却奸邪目。望天王降诏早招安,心方足。

刚唱到"望天王降诏早招安"时候,很多人跳出来表示坚决反对。宋江的把兄弟武松先发话了:"今日也要招安,明日也要招安,却冷了弟兄们的心!"李逵反应更激烈,书中写他"睁圆怪眼,大叫道:'招安,招安,招甚鸟安!'只一脚,把桌子踢起,颠做粉碎",场面尴尬。

宋江事后对武松说:"兄弟,你也是个晓事的人,我主张招安,要改邪归正,为国家臣子,如何便冷了众人的心?"鲁智深接过话茬,提出了他"黑直裰不可洗"的理论:"只今满朝文武,俱是奸邪,蒙蔽圣聪,就比俺的直裰染皂了,洗杀怎得干净?招安不济事,便拜辞了,明日一个个各去寻趁罢。"

宋江没有再接鲁智深的话,选择了回避和忽视。宋江认为招安是替天行道的最好方式,到时候大家同心报国,青史留名。但是鲁智深他们却不这么认为:当初我们怎样上的梁山?朝廷已经被染黑了,就像我的这件衣服,你指望染黑的衣服能再洗白吗?招安了还能替天行道吗?

这个问题一直是争议的焦点。金圣叹腰斩《水浒传》,表现出他反对招安的立场。金圣叹批评本的贯华堂版《水浒传》只有七十回,到了好汉排座次便戛然而止。鲁迅指出宋江等投降后就去打"不'替天行道'"的强盗了,"终于是奴才"(《三闲集·流氓的变迁》)。

他们当然说得都很对,也很深刻,指出了问题很关键的地方。可是这个问题是多维度的,如果仅仅从这一个重点来考虑,又会忽略其他的问题。只有少数起义者能够改朝换代——"杀去东京,夺了鸟位"。反抗秩序大多数情况下还是为了换一个好一点的秩序,究竟什么叫共聚大义,以及什么样的方式是大义的最好体现，这是见仁见智的问题。同时，大多数反抗社会秩序者，都面临着一个"如何下场"的问题，这可能比如何更好替天行道更让现实中的人有焦虑感。这就进入了另一个"替天行道"的范畴。

"替天行道"与对内行义。在"如何下场"的焦虑中，包涵了人生的根本性矛盾：德才兼备而沉于下僚的英雄豪杰，应该怎样生活？"黄钟毁弃，瓦釜雷鸣"（《楚辞·卜居》）的社会应该被推翻、改造还是顺应？

《水浒传》所描写的时代背景，正如上一节所讲，层层崩坏：官场惰政、怠政、恶政，对百姓盘剥、骚扰。徽宗沉浸于艺术创作，陶醉于天上人间来回切换的道君体验时，权力在不知不觉中被高俅、蔡京们垄断了。《水浒传》第一回就讲了高俅的发迹，揭示了徽宗朝任人唯亲，一切都凭皇帝和上级的喜好来，不按规矩出牌，直至礼崩乐坏的状况，金圣叹评价这是"乱自上作"。在朝廷有高俅、蔡京、童贯、杨戬四奸，蒙蔽皇帝、把持朝政；在地方有蔡九、梁世杰、慕容彦达、高廉等官员依仗四奸和后宫势力为虎作伥；在衙门有陆谦、富安、董超、薛霸等爪牙为非作歹；在乡间有西门庆、蒋门神、毛太公、祝朝奉等土豪劣绅为恶乡里。不要说普通百姓，就是像林冲、宋江这些本来对生活和未来充满憧憬、对朝廷忠心不贰的阶层都无法生存，被迫出走江湖。小人结党营私，排挤、打压正直的官员，官场逆淘汰加速。

《水浒传》这部书,过去多说它是一部反映古代农民起义的著作,其实梁山一百零八位头领,只有一个农民、三位渔民和两位猎人,其他人多是来自各行各业,或是下层官吏,或是僧道等,还有一些是地方豪强和投降的官军将领,来源复杂也正说明各阶层都难以安居乐业,被迫抛弃职业、家庭、故乡,游离到江湖中去。在这样的环境中,自然催生了人们对于公平、和谐、义气的乌托邦向往。在梁山的初创阶段,特别是晁盖执掌的阶段,梁山的"替天行道"主要表现为对内。晁盖刚上任,就安顿好了各位头领的家小,"取出打劫得的生辰纲金珠宝贝,并自家庄上过活的金银财帛,就当厅赏赐众小头目并众多小喽啰",这种大碗吃酒肉大秤分金银、仗义疏财的朴素公平主义吸引了很多来投奔的好汉,而且所来投奔的好汉,晁盖都无一例外对他们仁厚大方,为他们安置家小。梁山以哥们义气为引力的向心力开始增大,江湖上很多好汉前来投奔。这是晁盖替天行道的方式,能让被腐败朝廷离心甩出的人有一个理想的归宿。

但是晁盖有他的问题。要知道,对物质公平的需求并不是人唯一的需求。朝廷除了横征暴敛、收入分配不均的问题之外,还有逆淘汰的问题,就是屈原所说的"黄钟毁弃,瓦釜雷鸣",优秀的人才遭到淘汰,高俅这样的却凭踢球的本事身居高位。看一下梁山的人就知道,很多人有一身本事,却无法在朝廷及正常秩序中立足,无怪乎宋江发出"心在山东身在吴，飘蓬江海谩嗟吁。他时若遂凌云志，敢笑黄巢不丈夫"的感叹。所以很多梁山好汉内心其实都有壮志未酬的感情，林冲的诗里也体现了这一点："他年若得志，威震泰山东。"而宋江领导下的梁山恰恰为他们提供了这样的平台。与晁盖被动防守不同，宋江是有着非常清晰的发展目标和愿景的，他会洞察时机，主动出击，梁山在宋江的带领下进行了大大小小的战争，让众头领能够在"替天行道"的义旗下施展抱负，让他们在相对公平的环境中赢得发展，实现自身价值。对这些有机会施展的好汉来说，在梁山这儿就是在"替天行道"——朝廷"黄钟毁弃，瓦釜雷鸣"时，梁山能够为这些有才华的人提供驰骋疆场、治国安邦的平台，天道就是让合适的人在合适的位置上。这是梁山非常了不起的地方。

梁山内部组织的替天行道还表现在对众好汉前途命运负责任。宋江是一位真心实意为众兄弟的前途命运考虑的人。梁山需要往哪里走，又能往哪里走呢？梁山泊兵马前后攻打了江州、高唐、青州、大名府、东平、东昌、泰安等众多城池，但打下来之后只是把金银钱粮带走，没有派遣头领和官员来驻守——客观上梁山还没有这个力量，主观上他们也没有这样的意愿，更没有提出治国方略，没有按照"替天行道"的宗旨，制定社会制度，有效管理社会。每次攻打地盘，收获的只是财物，而不是势力范围。李逵曾经说过：

> 晁盖哥哥便做大宋皇帝，宋江哥哥便做小宋皇帝，吴先生做个丞相，公孙道士便做个国师，我们都做个将军，杀去东京夺了鸟位，在那里快活却不好，不强似这个鸟水泊？

这话说得让人快活，其实大家都知道做不到。反对招安的好汉为什么不一反到底呢？因为他们也找不到更好的路径。梁山的真实力量，一言以蔽之：聚则生、分则死。不论守卫也好、进攻也罢，最多能分两路，再多分，力量就不足了，稍有不慎，打一个村镇曾头市都会搭上晁天王的性命。闹东京可以，但真正把东京攻下来，自己来经营管理，恐怕这些人还真的不敢想，事实上也还做不到。

梁山的出路又在哪里呢？真的像晁盖那样就一直把众兄弟聚在水泊中，大口吃酒肉大秤分金银，肯定是不行的。事实上随着梁山的发展壮大，构成对朝廷的某种威胁，不管是军事威胁还是政治威胁，这种简单的理想未必能实现。这些兄弟的前途到底怎么办？这是宋江最忧虑的问题。于是宋江通过历次战争扩大梁山的影响力，增加与朝廷谈判的筹码，培养兄弟们成为真正的将军，给他们找一条也许不是最好但却是唯一的出路，让这些人能真正好好地安身立命。宋江这样做，应该算作组织内部的替天行道。

替天行道的对外、对内范畴之间是有联系的，对内的义是基础。很难想象一个组织只有对外替天行道，而对内不讲仁义。这很像"修齐治平"的逻辑，先把自身修炼好、家族治理好，治国平天下就顺理成章了。梁山从晁盖开始，就做到了对内的仁义，把内部搞得团结一致，有向心力，所以才能做到对外替天行道。

《金瓶梅》和《水浒传》都是中国古典小说的杰作，《金瓶梅》是反侠的极致，在《金瓶梅》的世界里，侠的精神被彻底毁灭，只有凉薄；而《水浒传》是以侠伸义的，里面有"你有我有全都有"的哥们义气，也有"替天行道"的大旗和大义。其实不论是在《水浒传》里还是在现实中，"你有我有全都有"的小义是基础，用小义黏合促成的组织，也就是内部充满温情和仁义的组织，最后才能形成大义。明朝侠客形象非常丰满，到了清朝则进入全面黑暗时期。

[第十六]

侠之归者,投靠朝廷

有清一代对于思想和言论的钳制是最厉害的,如明朝那样的思想家和名臣寥若晨星,清朝有思想、学问做得好的人,要么去考据古籍,要么去自称奴才当大官,进不了庙堂的就写小说,鲜有具有大侠风范的人物。

《四库全书》成而书亡

清初,湖州富商庄廷鑨(lóng)偶然得到了明天启朝大学士朱国桢写的明史稿。后来他因为疾病失明了,想到了司马迁的一句话,"左丘失明,厥有国语",于是立下雄心壮志,要续修天启朝之后的部分,完成这部明史。他招揽了很多饱学之士共同撰写,增补了天启、崇祯两朝史事,辑成《明书辑略》。但是这部《明书辑略》是站在明朝的立场上写的,比如称努尔哈赤为"奴酋"、斥明将降清为叛逆等。后来这部书完成了,准备刊印时，被吴之荣告发，一开始湖州知府陈永命没有在意，结果这个吴之荣锲而不舍地层层上告，直至惊动了朝廷。

"明史案"先后牵连千余人，妻子被发配东北宁古塔者几百人。凡作序者、校阅者，及刻书、卖书、藏书者均被处死。其中庄廷鑨之弟庄廷钺、李令皙、茅元铭等十四人凌迟处死；归安、乌程的两名学官处斩。湖州原任知府陈永命于康熙元年罢官，至山东台儿庄，自缢于旅馆。棺材被运回杭州，开棺磔尸。其弟江甯县知县陈永赖，也同时被斩。归安县学新任训导王兆祯、推官李焕，湖州新任知府谭希闵等人处绞。刻字工汤达甫、印刷工李祥甫，书店老板王云蛟、陆德儒惨遭屠戮。庄允诚（庄廷鑨的父亲）被逮捕上京，后来不堪虐待死于狱中。庄廷鑨被掘墓开棺焚骨，全族获罪。苏州浒墅关的李继白，只是因为买了这套书，就被杀了。

清朝不仅禁止民间擅自编纂明史，就连其官方所修《明史》，也根据自己的观点立场，修改了大量史料，特别是晚明史料。比如，李自成从陕西打到北京的路上，路过一座不大的关隘，叫宁武关（位于山西忻州），这座关的守将叫周遇吉，也是个大侠。据野史记载，周遇吉夜缒出城与李自成和谈，请李自成退兵，李自成礼遇了他，但是拒绝退兵。于是周遇吉破口大骂，最后被李自成杀掉。而《明史》却有另外一番说法，说周遇吉坚决守住宁武关，率部同李自成大顺军展开巷战，最终周遇吉血战至死，宁武关失守。百姓们被周遇吉的勇武感动,纷纷拿起武器同大顺军作战,李自成盛怒,命令部队屠城。这两种记载差别太大了,是不是正史记载一定比野史可靠呢?还真不是。1997年,因为扩建宁武县火车站,人们无意中发现了周遇吉的墓,考古证据证明,野史的说法是对的。《明史》为什么要如此记载?这就需要结合清朝的立场来解释了。当年清军入关,打的旗号并不是消灭大明朝,而是消灭李自成的大顺,为崇祯皇帝报仇。为了加强自己入关的合法性,师出有名,就需要把李自成的大顺军写得无恶不作。

清朝中期,乾隆皇帝组织纪昀等纂修《四库全书》,在对古籍进行整理和汇编的同时,他们根据清政府的立场和态度,对很多古籍进行了篡改。比如鲁迅先生在《病后杂谈之余》这篇文章里就举了一个例子。宋朝晁说之写过一篇文章叫《负薪对》,宋刻影印本就和四库本差别非常大。

旧抄本	四库本
金贼以我疆场之臣无状,斥堠不明,遂豕突河北,蛇结河东。	金人扰我疆场之地,边城斥堠不明,遂长驱河北,盘结河东。
犯孔子春秋之大禁,以百骑却房枭将,彼金贼虽非人类,而犬豕,亦有掉瓦怖恐之号,顾弗之惧哉!	为上下臣民之大耻,以百骑却辽枭将,彼金人虽甚强盛,而赫然示之以威令之森严,顾弗之惧哉!
我取而歼焉可也。	我因而取之可也。
太宗时,女真因于契丹之三栅,控告乞援,亦卑恭甚矣。不谓敢毗睨中国之地于今日也。	太宗时,女真因于契丹之三栅,控告乞援,亦和好甚矣。不谓竟酿患滋祸一至于今日也。
忍弃上皇之子于胡房乎?	忍弃上皇之子于异地乎?

旧抄本	四库本
何则：夷狄喜相吞并斗争，是其犬羊猬吠咋啮之性也。唯其富者最先亡。古今夷狄族帐，大小见于史册者百十，今其存者一二，皆以其财富而自底灭亡者也。今此小丑不指日而灭亡；是无天道也。	（无）
襯中国之衣冠，复夷狄之态度。	遂其报复之心，肆其凌辱之意。
取故相家孙女姊妹，缚马上而去，执侍帐中，远近胆落，不暇寒心。	故相家皆携老襁幼弃其籍而去，焚掠之余，远近胆落，不暇寒心。

可以看出《四库全书》对文字把控的严格、改动之大。一小段文字，删去近三分之一，还把很多词都改掉了，不光"贼""虏""犬羊""夷狄"是忌讳的，就连"中国之衣冠"这样的词也不能出现。于是意思就全变了，晁说之文章里的豪侠胆气、凛然正气全没了。宋朝洪迈的名著《容斋随笔》，到了清朝四库本，与宋刻本和明刻本相比，就删去了至少三条，被删去的基本都是控诉金人凌辱百姓的内容。鲁迅说，"清朝不惟自掩其凶残，还要替金人来掩饰他们的凶残"，诚如斯言。这样的背景下，当游侠、写游侠当然不可能了。

侠义公案小说兴起

清朝有关侠客的文字，最多的还是小说，著名的就是公案系列：《三侠五义》系、《施公案》系，还有《于公案》《刘公案》等。公案小说在明朝就有一些，如《百家公案》《海公案》《龙图公案》等，但是在明朝，这类小说不占主流。到了清朝，以石玉昆为代表的艺术家将公案小说与侠义小说结合起来，形成了侠义公案小说，在社会上有广泛的影响力。侠义公案小说有鲜明的特点：虚构化、格式化、政治化。

虚构化。唐传奇是彻底的空灵之作，除了《虬髯客传》之外，其他绝大多数小说是架空的时代背景以及纯虚构的人物。《三侠五义》系列是清朝人写宋朝故事，《施公案》是清朝人写本朝故事。与唐传奇的架空背景不同，公案小说呈现出一个非常突出的特点，那就是以真实的时代和社会为背景，很多人物也是历史上存在的人物，但是故事是虚构的。比如《三侠五义》中第一个故事，就是我们非常熟悉的"狸猫换太子"，里面的李妃、宋仁宗、包拯等人都是历史上的真实人物，但是情节是完全虚构的。

格式化。首先是内容格式化。侠义公案小说基本都是清官与侠客的故事，一些会武功的侠客在一个清官的带领下伸张正义。其次是清官办案有格式化的特点。比如著名的《包公案》，经常是当一个案件走到绝路不能破的时候，来了一个神奇的东西——托梦。受害人或者受害人的家属托梦给包公，于是关键证据链连接起来了，案子就破了。同时侠客的武功呈现出一定格式化的特点。《三侠五义》里面特别强调轻功。我把它归结为："侠客"这一行是有入门门槛的——功夫再好，不会轻功，对不起，进不了这个圈子，大家不认同你侠客的身份。"轻功"有个专门的词叫"高来高去"，会高来高去这个技能的，才承认你是入门级侠客或者强盗，不会高来高去的，一律归入半傻行列，或者不带你玩，或者是圈里人耍笑的丑角。这一点为后世创作武侠小说奠定了一定的基础。

政治化。这也是侠义公案小说系列最大的特点，侠之归者，归降朝廷，侠客到最后都要跟朝廷或者地方政府合作。鲁迅先生在《中国小说史略》中总结说："凡此流著作，虽意在叙勇侠之士，游行村市，安良除暴，为国立功，而必以一名臣大吏为中枢，以总领一切豪俊。"清朝末期有很多小说，都叫什么"公案"，这些侠义公案小说里面的第一主人公，都是一个朝廷官员，而且都是清官。这些小说中的侠客，一个一个都招安了。招安了之后，就变成了包公身边的张龙、赵虎、王朝、马汉。

即便是已经相对来说远离政治的《三侠五义》，也没有完全脱离这个俗套。《三侠五义》中南侠展昭被封为"御猫"，就是朝廷御用的专抓造反者这些老鼠的猫。即便是小说中最有自由精神、武功最好的北侠欧阳春，最后也进入了体制中。欧阳春一开始是朝廷的军官，因为受不了束缚去走江湖成为侠客，那他是不是就跳出来了呢？没有。欧阳春行走江湖参与抓贼、平叛，但那都不是受谁雇用，或者是路见不平拔刀相助的纯粹侠义行为，或者是帮官府朋友忙。欧阳春是体制外的人，对体制离心力很强，最终官不当了、侠客也不当了，退出江湖要去当和尚，当和尚也跑不了！皇帝封他为"保宋罗汉"——扶保我大宋朝的和尚。总之侠客是逃不出朝廷手掌心的，哪怕武功天下第一的北侠欧阳春也不行！

侠义公案小说的源流

侠义公案小说受到了明朝公案小说的影响，明朝公案小说是其清官形象的源流，比如《三侠五义》中的包公形象，受了明朝《龙图公案》的影响，其故事也有很强的联系。清朝中叶以后的侠义公案小说创作，其实也受到清朝现实中能吏的影响，比如康雍乾三朝的名臣李卫。李卫真正是雍正驾前的忠臣能吏，比年羹尧忠，比田文镜能。现实中的李卫比电视剧里演的还能干，如果把李卫的另一面表现出来，那电视剧就真精彩了。电视剧演了他在官场纵横捭阖的一面，而没有演他在江湖上大耍袖里乾坤的一面。李卫擅长缉捕盗贼，不论是山贼水匪、武装走私犯还是反清复明政治组织、邪教社团，统统搞得定。李卫捕盗的一大特点就是以盗制盗、以侠制盗，策反、收买、控制、收编江湖能人义士，控制漕帮（还有人认为就是他幕后策划组织了漕帮——中国近代最大的黑社会组织青帮的前身），搞反间计，纷乱近百年的江南硬是让李卫治理得服服帖帖。靠文字狱和李卫这样得力的人物，清朝对于侠客的控制是最成功的,侠义在有清一代很暗弱。

清官的原型是能臣,侠客的原型则出自《水浒传》。鲁迅在《中国小说史略》中说《三侠五义》为代表的侠义公案小说"源流出于《水浒》""较有《水浒》余韵"。《水浒传》的影响具体表现为:它在反映宽广生活面的基础上,重点描写了绿林江湖世界的众生相,塑造了一批勇武刚烈的豪侠形象,渲染了打斗技击的场面。《水浒传》中武松醉打蒋门神、林冲棒打洪教头等武打场面描写,十分精彩传神,具有典范意义,但在全书中还不多见。到了《三侠五义》《小五义》《续小五义》《彭公案》这类作品中,打斗场面的描写随处可见,丰富多彩,成为全书描写的重心。其他如蒙汗药、暗器、迷阵的描写,《水浒传》中已露端倪,侠义公案小说则大写特写,进行了充分的展示。

侠的隐没与消失

侠义公案小说的盛行,正是真正侠客消失的反映。

唐开始游侠越来越少,脱实向虚成为一种精神,庙堂之上的侠客有很多,同时人们对于江湖中游侠的向往以小说的形式表现出来。但是到了清朝,由于管制越来越严格,大兴文字狱,不仅庙堂上没有侠客了,连小说中的侠客都投靠了朝廷,变成了"捕快"。《三侠五义》中曾经有限地突破过侠客与朝廷官员的关系，以及侠客与侠客的关系，比如第三十九回《铡斩君衡书生开罪，石惊赵虎侠客争锋》中有这样一段对话：

> 马汉道："喝酒是小事，但不知锦毛鼠是怎么个人？"展爷道："此人姓白名玉堂，乃五义之中的朋友。"赵虎道："什么五义，小弟不明白。"展爷便将陷空岛的众人说出，又将绰号儿说与众人听了。公孙先生在旁，听得明白，猛然省悟道："此人来找大哥，却是要与大哥合气的。"展爷道："他与我素无仇隙，与我合什么气呢？"公孙策道："大哥，你自想想，他们五人号称'五鼠'，你却号称'御猫'，焉有猫儿不捕鼠之理？这明是嗔大哥号称御猫之故，所以知道他要与大哥合气。"展爷道："贤弟所说，似乎有理。但我这'御猫'，乃圣上所赐，非是劣兄有意称'猫'，要欺压朋友。他若真个为此事而来，劣兄甘拜下风，从此后不称御猫，也未为不可。"

其话外之意仍然带着江湖气，也就是说在展昭眼里，皇帝御赐的名头，比不上江湖义气重要。但是，即便是《三侠五义》这样后半部已经开始淡化清官作用的小说，也没有了真正侠义小说的虎虎生气。所以一方面鲁迅认为此类小说有《水浒传》作源流，另一方面他也指出，"似较有《水浒》余韵，然亦仅其外貌，而非精神"。

至于其他的所谓侠义公案小说，侠客完全成了供官员驱使的鹰犬。比如《施公案》中的黄天霸说，"仗本领高强，要灭尽江湖上的我辈"，进入朝廷就要去灭和曾经的自己一样的侠客了，很多学者对此很不以为然，指责其纯粹是对"水浒精神"的背叛，以致很多人破口大骂，全盘否定其价值。

我们看京剧，包公一开堂就叫张龙、赵虎、王朝、马汉站在两边，这些人物一旦变成了"张龙""赵虎"，就没有英雄光彩了。我们去看戏，谁去注意台上王朝、马汉的形象呢？他们站在那里就是龙套，今天这演员病了，换一换演员还能演，观众并不提意见，我们只对包公这个形象加以格外的注意，光彩人物是包公。人们为什么要看包公戏？为什么需要包公？就是因为社会不公正，有法律却得不到执行，经常有冤假错案，大多数官员鱼肉百姓，"三年清知府，十万雪花银"。可是人民不去呼唤法律健全，不去反抗现实的不公正，而是呼唤包公，希望出现清官来帮助自己解决难题。本质上这是人民反抗精神、侠义精神的丧失，因为丧失了这种精神，所以就幻想清官出现，幻想"善人必获福报，恶人总有祸临，邪者定遭凶殃，正者终逢吉庇"。这种幻想反过来又加剧了不公平。

兴一利必致一弊，清朝控制江湖、士林、朝堂的侠客侠义很成功，近三百年的清朝，宁有几个大义士？！这些人都给收拾住了，当了顺民奴才。所以到了清朝，不仅现实中的侠消失了，就连小说中真正的侠也消失了。到了"包公"铺天盖地的时候，武侠就隐没了，人的侠义精神和勇武精神都磨灭了。《金瓶梅》里所勾勒的繁荣昌盛没有继续，而人际凉薄无比却变成了现实。侠义是柄双刃剑，不受其害便也不得其助。武昌城头一声炮响，大清转瞬灰飞烟灭，清之将亡也，舍命去救大清的人，掰着手指头都能数过来，比之明亡时图谋复明者不及万一！

[第十七]

侠至情者,名利可抛

民国时期,武侠小说成为侠义的主要载体,侠义成为娱乐、成为文化、成为生意,当然也在不知不觉中内化为民族精神。

武侠小说商业化

进入民国,掌控全局的强大权力中心始终没有建立起来,文字和思想禁锢减弱,加上租界的存在、西东洋的风吹进来等因素,有些被清朝阉割的东西在重生,有些被压制的东西则迅速勃发,比如现代武侠小说。

现代武侠小说摆脱了古典武侠的几个程式化的东西,比如,清朝侠义公案小说的格式就是明君、清官、侠客;历史人物和事件类的,总免不了法术和鬼神的小范围介入;最终都离不开善有善报、恶有恶报,以及君王圣明、平反昭雪等道德正确和政治正确。现代武侠小说比较彻底地突破了这些程式，但是你也会发现，其实现代武侠摆脱不了几个新的格式，比如多角恋和神功，比如傻小子都有桃花运和掉下悬崖必得秘籍，比如争端的焦点是秘籍和兵刃等。

近代武侠小说创作发生的最大的变化就是商业化。1920年之前，武侠小说处于非常低迷的状态，侠义公案小说已经不能引起人们的兴趣。到了1923年，平江不肖生的《江湖奇侠传》的出版，让武侠小说又重新焕发了生机。其后，各类武侠小说如雨后春笋。

20世纪初，伴随着新小说的兴起，小说市场也日益扩大，创作和翻译小说可以获利，成为很多人的谋生手段。这也就意味着写小说的出发点跟写"四大名著"不一样了，不是出于情怀，而是为了挣钱。武侠小说也是一样的，这时候的武侠小说的文化娱乐功能比之前更强，作者写作主要是为了钱，而其他的对其赋予内在价值的诸如道德、政治等，退而成为其次。

当时的武侠小说由于投合孤立无援的中国人的侠客崇拜心理和喜欢紧张曲折情节的欣赏习惯而风行，经过书商和作者的通力合作、批量生产，很快成为20世纪中国非常受欢迎的通俗文学形式。以至于就连张恨水这样有名的鸳鸯蝴蝶派小说家都表示自己不得不在言情小说中加入若干侠客形象（比如《啼笑因缘》中的关秀姑父女），不然"会对读者减少吸引力"。

同时，比起从前的小说，现代武侠小说的篇幅开始变长，并且是以长取胜。陈平原教授在《千古文人侠客梦》中曾经评价金庸的小说是"长篇比中篇写得好,中篇又比短篇写得好",这不是金庸一个作家的特点,而是20世纪武侠小说的普遍特征。短篇小说也可以描写扣人心弦的江湖斗争,但是一方面无法充分展开,另一方面,没有办法通过紧张曲折的长篇情节吸引读者。须知,绝大多数的武侠小说都是先在报刊连载,然后再结集出版的,所以作者、报社、出版商三重商业化的要求,也需要武侠小说拉长篇幅。比如还珠楼主的《蜀山剑侠传》,多达五百多万字!

侠客重归江湖

在武侠小说类型的演变中,《江湖奇侠传》做出的非常大的贡献之一就是让书中的侠客重新回到江湖中。

前文讲过,在清朝侠义公案小说中,侠客都在清官的带领下,成为朝廷的鹰犬、工具。到了戏剧舞台上,真正出彩的是清官,侠客隐没了、消失了。随着清朝的瓦解,这种类型的小说越来越没有市场,同时朝廷的权威在明显降低,因此侠客从清官身边走向真正属于他们的江湖社会成为一种必然。

到了20世纪的武侠小说中,很多侠客不把朝廷命官放在眼里,不再需要一名清官去"总领一切豪俊",也不再以伴清官左右为荣耀。这不仅仅是撇开了一个清官这么简单,更是恢复了侠客的尊严,司马迁在《史记·游侠列传》中所奠定的侠客尊严是,他们游于江湖,救人之急,而不专供朝廷驱使,也就是《水浒传》中所赞赏的"禅杖打开危险路,戒刀杀尽不平人"。这种自由洒脱的江湖气是武侠小说重放光辉的重要原因之一。

郑振铎曾批评武侠小说"悬盼着有一类'超人'的侠客出来……以此宽慰了自己无希望的反抗的心理"(《论武侠小说》),瞿秋白说得更严重,"济贫自有飞仙剑,尔且安心做奴才"(《吉诃德的时代》)。他们当然说得非常对,但我们应该知道的一点是,武侠小说的目的并不在于传达某种政治或道德价值,而且应该承认,从清官周围至重归江湖,武侠小说的变化客观上有助于国人侠义精神的复苏。

有才华的武侠小说家不满足于单纯的商品化倾向创作,以及一次性消费——连载完了之后就被人遗忘。他们试图在小说中增加一些耐人寻味的东西以提高小说的整体格调和品位。对于武侠小说来说,就是增加小说的文化味道,让读者在阅读和欣赏惊心动魄的故事的同时,了解中国历史、中国文化乃至中国人的精神风貌。很多武侠小说很成功地做到了这一点。北京大学陈平原教授说:"商品味与书卷气之间的矛盾与调试,构成了武侠小说发展的一种重要张力。"比如金庸小说《天龙八部》一方面是非常成功的商业化作品,另一方面,它以宏大的历史格局、开阔的地理视野、儒道释的充分结合,展开了特定历史背景下轰轰烈烈的斗争与合作、爱情与仇杀、庙堂与江湖的抒写，构成了一幅恢宏的画卷，非常耐人寻味，有长久的魅力可以探寻。

在现代武侠小说中，另一个非常大的创新就是对情的突破。

古典小说的情

一个"情"字其实内涵丰富。有男女之情：中国古典小说写这份情的有，但不多，比如《西厢记》《牡丹亭》。当然，这些不能算小说，它们是杂剧，这里只从内容上来看。而写情欲的远比写爱情的多，《水浒传》写到了情色，《三侠五义》《说岳全传》《狄青平西》等只有止乎于礼的、以婚姻结尾的男女情，少有情欲，没有爱情。再看兄弟情：中国古典小说写这份情的比较丰富，但都不往深处去写，就事论事、点到为止，比如《水浒传》是惊世的名著，也是写兄弟间故事的，但在情的表达上却很干枯，武大被害武二报仇，宋江被抓晁盖千里救人，后面肯定有情，但是《水浒传》不走以情动人的路数，寥寥数笔，几乎没有心理描写和情感抒发。传统武侠小说无"情"，特别是没有爱情，是它的又一个显著特色，不仅《水浒传》里没有，清朝侠义公案小说也没有。

而与之相对应的，现代武侠小说的一个显著特点就是以情动人：情感，特别是爱情成为武侠小说中的重要因子。郭靖和黄蓉，小龙女与杨过，张无忌与赵敏，甚至杨康与穆念慈，爱情故事成为武侠小说中不可或缺的组成部分，"义""武""情"构成了现代武侠小说的三大支柱，大侠为了情，名利皆可抛，这是现代武侠小说独特的地方，是明显的创新。各武侠小说家中，影响最大的毫无疑问是金庸，金庸可以说是写爱情的大师。在他的小说中，有很多类型的爱情。在金庸之前，王度庐在侠客爱情方面有突破，为金庸更进一步展开对侠情的探求奠定了基础。

王度庐写侠情

在现代武侠小说发展的早期，作家对于"侠""情"的处理和理解相对比较简单，就是在传统武侠小说的基础上增加情的因素。有情有义，构成一个侠客的立体形象。但是从王度庐开始，对于侠情的处理开始复杂起来了。当情与义不能统一的时候怎么办？这是之前的作家所未曾涉及的侠客困境。

王度庐的光芒一度是被掩盖的，很长一段时间大家都没听说过这个人，一直到2000年李安导演的一部电影《卧虎藏龙》获得奥斯卡奖，大家才去关注这部电影剧本的原著作者王度庐。

王度庐的小说代表作有《鹤惊昆仑》《剑气珠光》《卧虎藏

龙》《宝剑金钗》《铁骑银瓶》等。电影《卧虎藏龙》不是根据《卧虎藏龙》这一部小说改编的,而是根据《宝剑金钗》《卧虎藏龙》《铁骑银瓶》等好几部作品改编的。电影的主人公是玉娇龙,不过笔者认为玉娇龙这个角色在所有武侠小说中算不上非常出彩,真正出彩的是李慕白和俞秀莲他们的侠情。

李慕白和俞秀莲两个人很早就暗生情愫,成为知己。但是后来李慕白知道了,原来俞秀莲从小就和孟思昭定亲。于是李慕白就割舍掉自己的爱情,亲自把俞秀莲送到了孟思昭家里。俞秀莲和孟思昭是封建婚姻关系,如果这个孟思昭是坏人,倒也还好,直接把他踢了就完了,可偏偏孟思昭也是一个顶天立地的英雄。

孟思昭知道了俞秀莲和李慕白之间的感情,心里就过意不去:你们原来是两情相许、情投意合的爱人,那我这样横插一杠算怎么回事呢?于是孟思昭就想退出,他直接告诉李慕白要退出,显然是不行的,李慕白、俞秀莲都是义薄云天之人,又怎么会为了自己的爱情而看着孟思昭做出这样的牺牲?于是孟思昭就在一次拼杀中,故意牺牲了,来成全俞秀莲和李慕白的爱情。

李慕白、俞秀莲一开始牺牲了自己的爱情成全了孟思昭,后来孟思昭用一死来成全他们两人。三个人都有非常宝贵的侠义精神,他们的感情当之无愧可称为侠情。但是悲剧就在于,他这种做法,最后让俞秀莲进退两难,也让李慕白难以自处。

孟思昭为了成全他们而牺牲，这时候俞秀莲难道能够背叛孟思昭的情义而嫁给李慕白吗？李慕白能够安心接受孟思昭这样的牺牲吗？他们真的结合了，又如何对得起孟思昭？他们不结合，又会辜负孟思昭的一片好意。于是感情陷入了僵局。一直到第三部作品《剑气珠光》，李慕白和俞秀莲还是以兄妹相称，始终没有越过他们对孟思昭的义的感激和尊重。

在情与义的困境中，李慕白、俞秀莲和孟思昭自始至终都没有逾越义。在人生诸多困境之中，情与义的困境恐怕是更让人难以抉择的，正如一句歌词，"情与义，哪像是黑白事情"，于是人们在情义之间会做出不同的选择。但是对于大侠来说，也许义永远是最重要的人生选择，他们宁愿保持生命的孤独状态，只有选择义才会让他们真正感到仰不愧于天，俯不愧于地。这是王度庐通过俞秀莲和李慕白提出的深刻命题。北京大学孔庆东教授曾在《超越雅俗》说过一段话，这里引用来说明侠与情的困境：

> 这些情人们对"情"在心底都怀着深深的恐惧感。他们深情、挚情，可一旦情梦即将实现，他们非死即走，退缩了、拒斥了。他们舍弃现实的所谓"幸福"，保持了生命的孤独状态。而侠的本质精神，正是孤独与牺牲！正仿佛鲁迅笔下的"过客"，拒绝接过小女孩手中的红布，这些侠的生命本能决定了他们必须永远选择"苦行"。

与之相比，不管是《罗密欧与朱丽叶》，还是古代才子佳人小说，里面的爱情就显得浅薄了。人生就是如此，需要面对各种各样的艰难与困境。我们没有办法说孟思昭的做法是对是错，也没办法评论李慕白和俞秀莲究竟应不应该在一起，也许这是永远没有答案的问题。

金庸小说中的爱情

其一，**英雄美人类**。金庸笔下英雄美人式的爱情有很多，但是这些人物和爱情又不落入俗套，避免了古代才子佳人小说"功成名就后，抱得美人归"的套路，而是各有各的个性，各有各的特点。而且在英雄美人的爱情模式中，蕴含着金庸对人物高超的刻画和对于爱情更加深刻的思考。

比如我们非常熟悉的《射雕英雄传》中的情侣郭靖、黄蓉。一般的小说会写成郎才女貌，特别是武侠小说，当然要以男性角色为主。但是这对情侣却不是这样。郭靖是一个不太聪明的男孩子，按照一般人的想象，黄蓉是不会看得上他的——黄蓉冰雪聪明，郭靖资质愚鲁；黄蓉古灵精怪，郭靖老实巴交；黄蓉见识丰富，郭靖读书很少；黄蓉出身武林名门，郭靖出身普通；黄蓉漂亮，郭靖相貌普通……黄蓉的父亲"东邪"黄药师一开始也根本看不上郭靖，认为这小子这么蠢，怎么配得上我这么聪明的女儿！他宁愿让黄蓉嫁给邪恶的西毒欧阳锋之子欧阳克。

但是黄蓉厉害在她能真正洞悉人性。她认为那些外在的东西不重要，重要的是郭靖有一颗侠肝义胆、宽仁之心，做人顶天立地、踏踏实实。郭靖能在黄蓉打扮成小乞丐的情况下尊重她、对她好，黄蓉说："我穿着这样的衣服，谁都会对我讨好，那有什么稀罕？我做小叫花的时候你对我好，那才是真的好。"

他们携手同行的一路，其实大多是黄蓉拉着郭靖往前走，比如黄蓉让洪七公教给郭靖降龙十八掌，让他得以成为武功最高的大侠之一，帮助他渡过种种难关，破除执念。但是黄蓉却不是处于压制着郭靖的状态。虽然黄蓉用自己的聪明智慧一直带着郭靖，但是郭靖的质朴又能在关键时刻让他们的行为收放自如，能够让黄蓉不至于太古灵精怪招人厌烦，一定程度上克制黄蓉的机巧。所以两个人一直肝胆相照，只有组合在一起才是最完美的。

与郭靖、黄蓉相比，富有悲剧色彩的萧峰和阿朱的爱情可能是更理想的。萧峰是比郭靖更加具有传统意义上英雄色彩的人物。他身上不仅有郭靖"侠之大者，为国为民"的凛然正气和宽广胸怀，而且较之郭靖的木讷和愚钝，萧峰机智、勇敢，成为丐帮帮主后，带领丐帮成为中原第一武林帮派。更加难得的是，他身上有一种豪气干云、万夫莫当、令人心折的英雄气概，他在丐帮众人忘恩负义时仍然情意深重。在得知自己身世之后无法言说的苦楚与挣扎，在师父、养父母惨遭毒手之后的迷茫与自责，在面对辽人和宋人恩仇时的英雄倾泪，都令萧峰的形象高大光辉，是非常理想的男性英雄形象，也代表了众多女性心目中的男性阳刚之美。

阿朱也是一个聪明伶俐的女孩子，她善于化装易容，经常扮作不同的人，让人真假难辨。但是与黄蓉相比，阿朱更多一份女性的温柔与关怀。在杏子林中，她目睹了众人揭露英雄萧峰的身世，心中产生了对这位英雄的怜惜，一开始她并不敢表达这种怜惜，后来被打成重伤之后遇到萧峰，萧峰便带着她给她治病。病愈后，阿朱独自跑到雁门关等了萧峰五天五夜，愿意跟着萧峰去查访身世，然后一起到塞外牧牛羊。在阿朱对萧峰的感情里，充满了崇拜和依恋，其实这是一种比传统意义上的爱情更为深沉和宽广的感情。正因为如此，阿朱没有黄蓉的使小性，她一直依恋并呵护着萧峰，萧峰的孤独与悲惨让她这种感情中更增加了无私和忘我，所以她最后愿意用生命去保护萧峰顶天立地的尊严，去化解萧峰与"大恶人"之间的恩恩怨怨。萧峰阴错阳差地亲手打死了阿朱，让他们的爱情蒙上了悲剧色彩，也让这种感情更加崇高、纯洁和感人。

另一种类型的英雄美人爱情，是肝胆相照，生死与共。比如《雪山飞狐》中的胡一刀夫妇。胡一刀是顶天立地的大英雄，而胡夫人身为女子，性格也豪爽磊落，她待人真诚，面对生死坦然无畏。作者并没有去写胡一刀和夫人如何卿卿我我、缠绵悱恻，也没有表现胡夫人的体贴温柔，但是从胡夫人的托孤,到面对丈夫遭人毒手之后的从容殉情,却从另一个侧面表现出了一对侠义夫妇的伟大,以及他们之间爱情的感人。胡夫人和胡一刀因为有着很多共同点,所以相互理解,相互支持,他们之间没有甜言蜜语,没有山盟海誓,却因为这份理解而多了一种心照不宣的动人情义。他们有着共同的志向,一起研究武功,一起行走江湖,而这一切,并不需要甜蜜的言语和浪漫的表白。金庸在写这对夫妇的时候,着墨不多,他们之间的对话很少,很简单,但是读来韵味十足,动人非常。

值得注意的是,金庸所描绘的英雄美人的爱情世界里,经常有"女追男"的模式,本节提到的郭靖黄蓉、萧峰阿朱,还有令狐冲任盈盈、杨过小龙女、张无忌赵敏等,女追男几乎是小说爱情模式中最主要的一种。这其实体现了金庸的一种传统英雄情怀。用萧峰和阿朱举例,在《天龙八部》中,金庸试图把萧峰塑造成一个最光辉、高大的传统大英雄形象,而在传统文化的话语体系里,大英雄应该是不近美色的,读《水浒传》就可以知道,李逵作为宋江最好的兄弟,最不能忍受的就是宋江贪图美色,这体现了千百年来人民对于大侠、英雄品质的一种价值期许。萧峰正是一个不近美色的传统英雄,在他的观念里侠义的重要性绝对盖过爱情。而阿朱的出现,又在他坚强、刚毅的心里抛洒了柔情与关怀。就是在这样的情况下,他作为大英雄,即便是真的喜欢阿朱,仍然不可能去主动追求她。是阿朱在雁门关的等候,不辞辛劳的相随,一路同行的顾盼感动了萧峰。这一切其实萧峰都是在一种被动的状态下。终于萧峰内心中世间罕有的坚强和刚毅被打动了、融化了，接纳了这份真挚、无私的感情。萧峰和阿朱其实内心互相怀着对对方的愧怍：萧峰认为自己是契丹胡虏，粗鄙鲁莽，配不上阿朱的温婉可人；而阿朱认为自己是低三下四的慕容家丫头，配不上萧峰的义薄云天和英雄盖世。其实金庸把握了爱情最本质的一点——双方互相怀着愧怍，其实是最动人的爱情状态。

其二，因爱生恨类。爱情是一种很复杂的东西，爱到深处的时候，甚至会变成刻骨铭心的恨。《神雕侠侣》中，赤练仙子李莫愁就是因爱生恨的典型。李莫愁和小龙女是师姐妹，少女时代是在终南山度过的。她一次偶然遇到了受伤的陆展元，并为他治伤，在治伤时候便互生情愫。陆展元伤好了需要下山，临走前对李莫愁说了很多甜言蜜语、山盟海誓，并且答应等把家里安排好了就来找她成亲。可是陆展元并没有践行诺言，没多久他就爱上另一个女孩何沅君。可李莫愁却是一个对爱情极其认真的人。她左等右等等不来心心念念的陆郎，于是就偷偷下山去找。结果下山之后，李莫愁看到的情景对她来说简直就像是晴天霹雳——陆展元和何沅君结婚了。

李莫愁于是要杀了他们，但是被一个大理天龙寺高僧阻止了，并且逼迫她承诺十年之内不来寻仇，于是李莫愁真的就等了十年。在第七年的时候，陆展元已经去世了，何沅君也殉情了。按理说，过了这么长时间，李莫愁的心也应该淡了，更何况两个人又都已经去世了，还在乎这些干什么呢？可是李莫愁并没有因为他们去世就抚平内心的创伤，她见姓"陆""何"的，统统都杀，谁的名字里带了"沅君"中任何一个字，都要杀。陆展元和何沅君死了，她要把他们的骨灰分开，一个人的撒在华山之巅，另一个人的撒在东海，让他们永世不能见面。

李莫愁的后半生就在这种痛苦中度过。被感情伤害得这么深，有些人就会放纵，就会放弃内心坚守的纯洁。可是李莫愁没有，李莫愁终其一生都保持着那份对爱的纯洁和执着，有人试图调戏她，她要杀；甚至有人多看她一眼，她都要杀。因为她知道，那些人只不过是贪恋她的外表美色，没有一个人是真心地爱她。李莫愁其实非常渴望得到真正的爱情，所以她用这种无恶不作的方式宣泄自己的心酸和愁苦，以及对真正感情的渴望。她看到杨过对小龙女那么好，由羡慕以至于嫉妒。其实李莫愁对人生的渴求很简单，她只想找到一份真正纯洁的感情、真正爱她的男人，只想追寻一个问题：问世间情是何物。可是她越这样追寻就越不明白，她越杀人内心就越痛苦，越憎恨其实内心就越爱。李莫愁是非常可恨，但同时她确实又非常可怜。

《天龙八部》中的多情王爷段正淳，与很多名女性保持着情人关系，但是妻子只能有一个，于是在不能得到他全心全意的爱情时候，一些女性就会产生恨。比如修罗刀秦红棉，一辈子都怀着对段正淳的深爱，可正是因为她的深爱得不到应有的回报，所以她十四年深居幽谷不出，自名"幽谷客"，并教育女儿木婉清"天下男人皆薄幸"，让她蒙上面纱不许男人看见，一辈子都恨男人。当听说段正淳另有情人，她就千里迢迢从大理跑到姑苏去刺杀。姑苏王夫人李青萝也是段正淳的情人，女儿王语嫣就是与段正淳所生。王夫人也是因爱生恨的典型，她在苏州经营着曼陀山庄，因为得不到段正淳专一的爱，就恨一切姓段的男人，段誉不小心闯入山庄，她就要把段誉手脚都砍掉做花肥，因为段誉不光是姓段，还是段正淳的老乡大理人。王夫人其实也是用恨的方式来发泄自己内心的爱，她在姑苏种了满园的山茶花，那是情郎段正淳最喜欢的花。

　　除了因为爱情而生出恨，有时候人也会因为别的感情得不到满足而产生恨，比如《天龙八部》中的叶二娘，在"四大恶人"中排第二位，绰号"无恶不作"。她与少林寺方丈玄慈有一段私情，并生下一个孩子，而这个孩子却被抢走了。她不能得到玄慈的爱，又痛失了孩子，于是性情大变，变成一个无恶不作的人——你们不是抢了我的孩子吗，我也抢你们的！于是她隔三岔五要抢过来一个婴儿，抱着哄一会儿，然后过两三天送给陌生人家，从不间断。就连"凶神恶煞"南海鳄神都看不下去，觉得她这种行为不可理喻。叶二娘对玄慈一直怀着深刻的爱意，她宁愿自己承受生活的艰辛和巨大的委屈，也要维护玄慈在武林和佛门的名誉，所以二十多年来一直远离玄慈，在思念和孤独中生活，这样的生活势必会给精神上带来巨大的痛苦。叶二娘心里的痛苦需要去发泄，她因为得不到爱而产生的恨就发泄在了很多无辜的婴儿身上。

其三，无悔牺牲类。金庸在小说中非常重视爱情的不自私，他认为，真正的爱就应该全心全意为了对方好，不以得到为目标，而以付出为真正的快乐，必要时甚至可以付出生命。这是金庸小说对于情和侠最本质的理解和结合，也是对"真"这一概念的探寻。金庸认为，真正的侠义爱情，本质就在于牺牲。

比如《飞狐外传》中的程灵素，程灵素的名字很特别，《黄帝内经》是由"灵枢""素问"两部分组成，两部分各取一个字，所以她叫"灵素"。胡斐在遇到程灵素之前，已经爱上了袁紫衣。为了斩断与程灵素的感情，两人便结拜兄妹。后来胡斐中了碧蚕毒蛊、鹤顶红、孔雀胆三种剧毒，而程灵素的师父留下的《药王神篇》中明确说："剧毒入心，无药可治。"程灵素便给胡斐吃下了一丸药，让他不能动弹，然后取出一枚金针，刺破胡斐中毒的地方，一口一口吸出了他的毒。程灵素对胡斐说："我师父说中了这三种剧毒，无药可治，因为他只道世上没一个医生，肯不要自己的性命来救活病人。大哥，他不知我……我会待你这样……"胡斐当时被程灵素的麻药弄得不能动弹，他想喊出来让她不要这样，可是喊不出来。当胡斐能动弹的时候，程灵素已经死了，为他而死。

程灵素知道胡斐爱着袁紫衣，她尊重胡斐的感情，知道自己一生不再有机会和胡斐在一起，但她从来不直接向胡斐表达感情，仍然义无反顾地帮助胡斐，为他做出最大的牺牲。尽管她一直都知道，她所寄托的感情将不会得到回报，而她并不去过多考虑自己，只愿意所爱的人胡斐能一生幸福。

程灵素为爱而牺牲虽然是一场悲剧，但是毕竟胡斐是有情有义的大英雄。除此之外，金庸还写出了另一种痴情牺牲的形态，那就是他们所爱的人是无情无义的坏人，典型的就是岳灵珊和马春花。

岳灵珊是《笑傲江湖》中的人物，主人公令狐冲的初恋情人。岳灵珊是华山派掌门岳不群的女儿，尽管师兄令狐冲对她有情，但是她只把令狐冲当作大哥。后来林平之加入之后，岳灵珊的一颗心都付与了林平之。林平之是一个英俊潇洒的富家子弟，因江湖觊觎林家祖传的《辟邪剑谱》而遭到灭门。岳灵珊的父亲是名副其实的伪君子，接受林平之加入华山派其实是想盗取林家的剑谱。林平之身上有纨绔子弟的虚浮习气，又有某些江湖人物的自私刁钻，他与岳灵珊的结合根本不是因为真爱，完全是为了达到个人目的。为父母报仇的那天，他只顾自己戏弄青城派余沧海达到复仇的快意，却将处于危险境地的妻子岳灵珊置之不顾。他心胸狭窄，嫉妒成性，在已经为了练功而挥刀自宫的情况下，仍然瞒着岳灵珊与之成亲。就是在已经知道这一切的情况下，岳灵珊依然无怨无悔地说愿意守护林平之一生。林平之却对此毫不感动，为了报复岳不群，居然动手刺杀岳灵珊,并把她扔下车。

即使林平之已经无情无义到这种地步,最后岳灵珊留下的遗言居然是请师兄令狐冲好好照顾林平之。在生命的最后时光,她气若游丝地唱起了林平之教给她的福建山歌……

与岳灵珊和林平之有些类似的还有马春花和福康安。马春花和福康安都是小说《飞狐外传》里的配角,马春花是镖师的女儿,一个普通的民间女子。一次偶然的机会她见到福康安,便一见倾心,还为福康安生了一对双胞胎。而福康安是个清朝浪荡贵族公子,对马春花也就是玩玩而已。因为福康安之前没有儿子,当他得知马春花生了两个儿子后很开心,就把马春花母子三人接到府中。结果福康安的母亲要把马春花杀掉,福康安居然照做了,全然不顾马春花对他的一片深情。马春花在身中剧毒之后的愿望,是见福康安一面。当时胡斐和程灵素在场,知道那个负心薄幸的福康安是不会来的。正好红花会总舵主陈家洛在这里,他和福康安相貌很像,于是陈家洛冒名顶替了福康安,去见了马春花一面。马春花见到这个"福康安",喊了一声,充满了幸福、喜悦和深厚无比的爱恋,那是见到心上人时的动情的感觉。

岳灵珊和马春花的悲剧让人扼腕叹息的同时,也让人由衷产生敬意。这两位女子尽管所托非人,但是和程灵素一样,真正懂得爱的本质,那就是一心为了所爱之人,宁愿牺牲自己。只要爱的人能幸福快乐,她们自己的处境又何足道?金庸的小说能够把爱情的无私写得如此动人，足见金庸本人对爱情思考之深刻，理解之透彻。

从王度庐、金庸等作家的作品来看，20世纪是人们对于侠义的理解更加进步的时代，因此在对侠义和爱情的处理上，也就更加复杂，对人性的展现也就更加全面。侠与情其实是有关联的。有情的侠客会让整体形象更加丰满、生动，同时侠客对于情的处理也能更进一步表现其侠义精神。也就是说，侠和情其实是一个双升步。一个侠客在经历过情的考验之后会更加懂得侠义的本质，同时又会让情本身带着更感人、更有魅力的成分。

[第十八]

侠之玄者,葵花宝典

侠客的功夫

前文提过,唐传奇中侠客的武功可以分为两类,一类是技击,另一类是道术。此后的各类武侠作品,包括小说,都没有离开这两种类型。比如《水浒传》中既有技击,也有道术,是以技击为主,道术为辅。从《水浒传》开始,打斗的过程描写开始多了起来,武侠的"武"开始真正建立并完善起来。后来的《三侠五义》《施公案》等,都有非常精彩的技击情节。

从《水浒传》开始,侠客的武器更加丰富起来。在唐朝及以前,人们脑海中的侠客是"仗剑行侠"的,而剑侠不论是从实际的近距离技击效果,还是从审美意象来看,都有其强大的魅力。到了《水浒传》武器开始多样化,每位好汉都有与之相对应的武器,甚至成为他们性格的一部分,比如李逵使板斧,林冲用丈八蛇矛,鲁智深用禅杖,武松用戒刀,如果把李逵的板斧让卢俊义使，恐怕会让卢俊义的形象大失颜色。

到了清朝侠义公案小说，出现了轻功和点穴，而点穴就涉及了部分内功。之后写武侠小说，如果不懂一点中医、穴位知识，那便没办法写了。现代武侠小说在继承了原有的要素基础上，又产生了新的突破。

武功秘籍

在20世纪后的武侠小说中，出现了武功秘籍这个看似比较神秘的东西，本章的标题"葵花宝典"，就是一本武功秘籍。这在古代的武侠小说中是没有的，唐传奇中没有，《水浒传》中没有，清朝的侠义公案小说中也没有。

现代武侠小说中几乎每一部都会涉及武功秘籍，经常说得非常神奇，练了这门武功就能打遍天下无敌手，就好比现在有一本高考秘籍，学了就能进清华北大，或者有一本当官宝典，学了就能青云直上，再或者有一本发财真经，学了就能快速成为富翁，那一定是趋之若鹜。

所以武功秘籍经常引来江湖厮杀，人们为了得到武功秘籍，大打出手，甚至不惜灭门。比如林平之家，就是因为有《辟邪剑谱》而惨遭灭门。还有很多武林人士，因为练武功秘籍而走火入魔，比如鸠摩智、欧阳锋。

所以在金庸小说中，特别神奇的武功秘籍从来不是什么好东西，这东西不是正道，只会把人引向邪路。像《葵花宝典》《辟邪剑谱》这种走捷径的、玄之又玄的东西，金庸从来不赞赏。金庸笔下真正厉害的大侠，都不靠武功秘籍，都是靠扎扎实实的内功，比如萧峰、郭靖，靠自己苦练的浑厚内力和扎实的降龙十八掌。金庸笔下一门心思想得到武功秘籍的都是什么人？梅超风、欧阳锋、岳不群、左冷禅、余沧海、东方不败、丁春秋、鸠摩智等，这些人都不是正面角色，都只是武功高超的坏人而已，算不上侠。

人都有一个缺点——好逸恶劳，从基本功开始练习那样太辛苦，而且很难短期见到成效，保不齐还有个瓶颈期什么的。陷入瓶颈期的人是非常痛苦的，再怎么努力也看不到进步，很容易让人灰心丧气。而大侠之所以为大侠，除了具有前面我们所说的那些特质之外，还有就是在练功时能够不急于求成，稳扎稳打，不去攀比。当遇到瓶颈看不到进步，依旧能做到刻苦练习。要知道，练习的过程本身就是在修行，刻苦练功一方面是为了武功增强，另一方面更是为了修身养性，养成不浮躁、不虚荣、不怕苦的静气和良好品质，这个过程，叫作扎根。根扎得深，才能有机会长成真正的参天大树。只有这样的人才能最终练成真正的绝世武功，也才能成为真正的侠。找捷径，其实就是"挥刀自宫"的过程，把人生中最宝贵的东西抛弃了，把人格尊严阉割了，即便练成了盖世神功，又有什么用呢？

从蒙汗药开始

《水浒传》中出现了一种神奇的东西叫"蒙汗药",将它下在酒里或者饭食里,能让人马上倒下,一会儿再醒来。比如第十五回"杨志押送金银担,吴用智取生辰纲"中就用到了蒙汗药。吴用往酒里放了蒙汗药,杨志和那些押送生辰纲的军健都喝了酒,晁盖等假扮的贩枣人"立在松树旁边,指着这一十五人说道:'倒也!倒也!'只见这十五个人头重脚轻,一个个面面厮觑,都软倒了"。于是晁盖等搬了生辰纲就走,十五个人眼睁睁看着他们搬走生辰纲,却不能动弹。等到能动弹时,那七个人早就不知去向。这是最典型的对于神奇毒药的描写。至于潘金莲鸩武大郎用的砒霜,算不上神奇毒药,因为现实社会中本来就是有的。

到了现代的武侠小说中,出现了更加神奇的毒药、毒虫。比如在《笑傲江湖》《鹿鼎记》中都出现的五毒教,专门以搞毒药、毒虫为业。《飞狐外传》中程灵素所在的药王庄,也是专门研究各种毒药、解药。七心海棠是一种毒性非常厉害的植物,很不容易成活,但是程灵素培育成功了,并把它们藏在一根一根的蜡烛里。七心海棠能杀人于无形,无色无味,中毒的人面带微笑死亡。七心海棠是剧毒的毒药,中毒之后无药可解,但是可以提前口含一粒解药,这样就不会中毒,很神奇。

《天龙八部》中出现了两种非常神奇的毒物——莽牯朱蛤和天山冰蚕。莽牯朱蛤号称"万毒之王"，形似蛤蟆，钟灵的剧毒闪电貂都被莽牯朱蛤毒死了。巧的是，这莽牯朱蛤钻进了段誉的肚子里去。一般毒蛇毒虫的毒质混入血中，立即致命，若是吃进肚里，只需口腔、喉部、食道和肠胃并无内伤，那便全然无碍。这莽牯朱蛤虽具奇毒，入胃也是无碍，反而为段誉自身的胃液所化。就这莽牯朱蛤而言，段誉的胃液反是剧毒，将它化成了一团脓血。后来由于段誉吃了莽牯朱蛤，所以有了百毒不侵的本事。

天山冰蚕更厉害，它的寒气之强让一般人都难以抵受，六月酷暑将其放在屋子里，都能让茶水结冰，可见寒气之猛。天山冰蚕不光寒气逼人，而且有剧毒。偏偏这天山冰蚕遇到了游坦之，游坦之用《易筋经》中所写方法将寒气和毒气都化进自己的血液中，练成了寒冰毒掌，厉害无比。他的寒冰毒掌只要一出，基本对方就会死于寒毒，也就是"虫豸凝寒掌作冰"。

星宿老怪丁春秋和其所掌门的星宿派是非常擅长用毒药的。比如后面要提到的化功大法，就需要借用毒蛇、毒虫，将这些毒物的毒液吸入掌中，然后传入对方经脉，使对方内力丧失。吸引这些毒物，需要一个丁春秋自制的宝物——神木王鼎。阿紫就是因为偷了这神木王鼎，所以让丁春秋弄瞎了眼睛。星宿派还有一种非常厉害的毒药叫"三笑逍遥散"，使人中毒于无形，中毒之初，中毒者脸上出现古怪、诡异的笑容，自己却察觉不到这种笑，到了第三笑时，就会气绝身亡。逍遥派掌门无崖子的大弟子苏星河、少林寺高僧玄难，都死于"三笑逍遥散"。

《天龙八部》中有一个非常奇特的人物，也很擅长用毒。她的毒药品种并不多，但是功力却非常强，这让她很轻易地控制了三十六洞主、七十二岛主，这个人就是天山童姥。天山童姥是天山缥缈峰灵鹫宫主人，发明了一种生死符，种在人身上之后，就需要每年服用解药，否则将会毒发身亡。天山童姥牢牢掌握着生死符的独门解除方法，所以这些洞主、岛主根本不敢不听天山童姥的吩咐，否则一个不是，就将拿不到解药，后果非常严重。这种毒药的使用相当厉害。让我想起了多年前一个叫《叛逃》的港剧，里面女主角的父亲是一个制药企业老板，制造出一种病毒，于是开始做人体实验，他研制出解药之后，就把病毒散布出去。人们感染了这种病毒，就会去治疗，到时候只有他的药厂有解药，他就可以大发横财。仔细想这种手段也不足为奇，金庸已经通过天山童姥的故事告诉我们了。

内功是什么

如前文所述，唐传奇对侠客功夫的描写就有隔空飞剑取人头，《水浒传》以降有道术、妖术，这些东西一看就是超人力、超自然力的东西，一看就知道不是真的。但是西风东渐后，随着科学这个概念越来越深入人心，那些过于玄乎的东西就不好玩了，现代武侠小说假"科学"之名，开始造一种更唬人的东西，那就是内功系。我大概1984年前后开始看《射雕英雄传》，看得神魂颠倒，以为那功夫是真的。内功和仙功、神功、神器不一样，它具有很大的迷惑性，让人感觉亦真亦幻。内功本来挺能唬人的，以至于有人在公园里表演太极神功隔空打倒八个徒弟。

于是在武侠小说中，水平的高低很大一个因素就是内功，而不是拳腿。比如《天龙八部》中萧峰曾在聚贤庄用入门级武功"太祖长拳"打败了众高手，不是说太祖长拳有多么高明，而是萧峰内功深厚，以至于外在招式反而不重要。郭靖、萧峰的代表武功"降龙十八掌"在招式上不复杂，其实难点就是内力，只有非常浑厚的内力，才能发出强大的掌力。比如大理段氏绝学六脉神剑，必须有浑厚的内功才能发出；退而求其次的是一阳指，也是需要强劲的内力才能从指尖发出剑一般的穿透力。

水平高低还有一个表现就是使用兵器的不同。很多武功不错的人士都用着一些比较奇奇怪怪的兵器，比如李莫愁用拂尘，还有用毛笔、砚台的，东方不败用的是绣花针。用刀剑的就更多了。真正的顶尖高手，都是不用兵器的，萧峰、郭靖都不用兵器，纯靠掌力，张无忌、陈家洛、杨过、黄药师也不用，都是凭借自己深厚的内力和精湛的功夫来打遍天下。《笑傲江湖》中有一个没有出场的角色叫独孤求败，就是一开始用一把非常锋利的宝剑，第二阶段用紫薇软剑，第三阶段用玄铁重剑，第四阶段用木剑，第五阶段就什么都不用了——飞花摘叶，皆可伤人，不依靠外物才是高的境界，找厉害无比的兵器，这本身就是武功、人格修为不够的表现。这其实也蕴含着人生的道理，很多时候我们希望借助外力，那只能说明我们自己内功不够。这一点金庸的小说《鸳鸯刀》进行了深化，江湖传言鸳鸯刀厉害无比，于是引得武林人士争抢，后来才知道，原来传说中天下无敌的鸳鸯刀本身并没有什么，上面刻了四个字，仁者无敌，这才是鸳鸯刀不可战胜的原因。

内功更为神奇的一点是，它可以转移或者消灭。比如《天龙八部》中，有一正一邪两种类似的功，正的是北冥神功，邪的是化功大法。化功大法非常厉害的一点在于能把别人辛辛苦苦练成的内功化掉，对方将丧失内力。而北冥神功是将对方的内力吸收到自己身体里。段誉一开始就是一个根本不会武功的人，后来因为无意中在无量玉璧处练了北冥神功，吸了很多高手的内力，所以也成了高手。江湖上经常有很多人分不清北冥神功和化功大法，段誉多次被认为是邪教星宿派的人。与北冥神功类似的是《笑傲江湖》中的吸星大法，也可以将对手的内力吸出而充实自己的内力。逍遥派掌门无崖子在临终前，将自己七十年的功力全部传给虚竹，这也是内力转移的典型表现。

我们需要承认，内力这种东西是存在的。比如一些非常优秀的歌唱家、戏曲演员看着不怎么用力，轻轻一说话就声如洪钟，而有些人大喊大叫都不见得能发出多大声音，特别是大病初愈的人，说话时常给人的感觉是有气无力；有的人干活很久都不觉得累，有的人干半小时就气喘吁吁；有的人轻轻打一下别人，别人就非常疼，有的人使劲打别人，别人都觉得跟挠痒痒似的，这都是内力强弱的表现。但是武侠小说中这种内力，很明显是属于夸张描写，只是为了让小说更好看，情节更精彩，给人无限的想象空间。总体来说，金庸小说中的内功并没有非常脱离实际而存在，比如萧峰是内功非常强的，但是他打虎也花费了很大的功夫。有些武侠小说写得玄之又玄，比如笔者看到一部里面写一个人困在悬崖下面，结果他看了一本武功秘籍，内力大增，就飞上悬崖。这简直已经成为玄幻。

武侠小说中的武功和神器越来越多，以至于出现了很多怪力乱神的东西。一些武侠小说为了吸引读者，专门写神奇武功、毒药毒草，甚至出现了法术。比如我读过一部非常玄乎的武侠小说，主人公不仅武功盖世无双，而且能骑着各种东西飞起来，还能隐身，能一瞬间飞到千里之外，简直把武侠小说写成了《哈利波特》！很多武侠小说变成了娱乐小说，本来要写侠客，结果写成了神仙。所以又出现了一种新的类型——玄幻小说。玄幻小说也有杰作，比如《西游记》（有人归为神魔小说），但是整体上讲，质量是不高的，很多胡编乱造的东西非常幼稚可笑，却也迎合了一些读者的猎奇心理，所以也还算畅行，但这类小说承载侠义精神的功能就逐渐消失了。

[第十九]

侠之复兴，救亡启蒙

自1840年起民族危机日甚，中国的情况发生了前所未有的变化，救亡和启蒙成为主题。洋务运动中我们修铁路，造轮船，练军队。甲午海战，让几十年洋务运动成果清零。很多人总结经验教训，总结出一点：精神出了问题，侠义精神丧失了。晚清大学者龚自珍感叹"吟到恩仇心事涌，江湖侠骨恐无多"。梁启超写了《中国之武士道》一书，痛陈当日之中国面临亡国灭种之危机，重要原因之一就是武士道精神（侠义精神）的丧失，尚武精神的沦落。当然，这本书被清政府封禁了，到"中华民国"成立才被世人所知。

晚清时期武侠小说中侠客形象一蹶不振，现实中更加不堪，这个民族越来越需要侠的精神。清末涌现出一大批有着侠义精神的革命者、用侠义精神启蒙民众的思想者以及组织。比如，孙中山领导的同盟会开始重新宣扬武侠精神，鲁迅等人推崇带有侠义色彩的铁血精神。重生的侠士面对国家危亡的大时代,投入到时代的滚滚洪流中去了。

戊戌六君子

　　清末很重要的一件事情就是"戊戌变法"。"戊戌变法"只维持了一百零三天,谭嗣同、康广仁、林旭、杨深秀、杨锐、刘光第六人都在北京遭杀害,史称"戊戌六君子"。

　　少年时期的谭嗣同就仰慕那些锄强济弱的草莽英雄,曾和当时北京的一个"义侠"大刀王五结交,二人成为生死不渝的挚友。后来,谭嗣同离家出走一段时间,游历直隶（今河北）、甘肃、新疆、陕西、河南、湖北、江西、江苏、安徽、浙江、山东、山西等省,观察风土,结交名士。颇有古代游侠的风范。在游历过程中,他对社会有了比较深刻的认识。1898年,清政府甲午战败,康有为、梁启超等联合了在京进士两千多名,共同上书朝廷,请求变法,也就是"公车上书"。

　　北洋水师当时何其威风,号称世界第四、亚洲第一,居然被日本打到全军覆没,怎能不激起人们的愤慨！谭嗣同当时虽然不在北京,但是他经过那些年的游历,也深深感受到"大化之所趋,风气之所溺,非守文因旧所能挽回者",必须自上而下进行救亡图存的改革了。在变法时,梁启超创办了时务学堂,谭嗣同积极参加了学堂的组织,在教学中他把《明夷待访录》《扬州十日记》等含有民族主义意识的书籍发给学生,《明夷待访录》倡导"无君"思想,《扬州十日记》记录清军在攻克扬州之后十天屠杀八十多万众,其目的可知!

变法失败,康有为等劝谭嗣同赶紧走,谭嗣同拒绝了,他说了一番非常有侠肝义胆的话:"各国变法无不从流血而成,今日中国未闻有因变法而流血者,此国之所以不昌也。有之,请自嗣同始。"他在监狱的墙壁上写下了《题狱中壁》:

> 望门投止思张俭,忍死须臾待杜根。
> 我自横刀向天笑,去留肝胆两昆仑。

"戊戌六君子"的牺牲,真正的意义不在于最后促成了清政府1909年推行宪政,而在于他们用侠义精神唤醒了越来越多的民众,让越来越多的人投身到救亡图存、启蒙民众的运动中去。谭嗣同在知道变法必败的情况下,依然做了自己应该做的事情,甘愿从自己开始牺牲。谭嗣同就是一个侠之大者!侠义精神在救亡图存中复苏。

林觉民《与妻书》

清政府虽然在1909年姗姗来迟开启宪政改革,但是已经不能担负挽救民族危亡的重任。特别是在《马关条约》《辛丑条约》签订之后,反清已经成为很多志士仁人的共同追求。一开始的反清组织基本都是打着民族主义的旗帜，有些组织还声称"反清复明"。民族主义的旗帜在当时非常有感召力。邹容的《革命军》，其中有"今日，我皇汉人民，永脱满洲之羁绊，尽复所失之权利""皇汉人种革命独立万岁"这样的话。陈天华的《猛回头》中写道："俺汉人，百敌一，都还有剩；为什么，寡胜众，反易天常？只缘我，不晓得，种族主义；为他人，杀同胞，丧尽天良。"在当时引起了很大的轰动。《革命军》《猛回头》《警示钟》奏响了革命前奏。但是，反清革命一开始进行得并不顺利，并没有出现"振臂一呼，应者云集"的状态。一次又一次起义失败了。但是一次又一次的牺牲，积累起思想和精神的力量，也是侠义的力量。

"黄花岗七十二烈士"之一的林觉民，在参加起义之前写了一封《与妻书》留给妻子。《与妻书》开篇就说：以这封信，当作与你的永别。接下来说：

> 吾自遇汝以来，常愿天下有情人都成眷属；然遍地腥云，满街狼犬，称心快意，几家能彀？……吾充吾爱汝之心，助天下人爱其所爱，所以敢先汝而死，不顾汝也。汝体吾此心，于啼泣之余，亦以天下人为念，当亦乐牺牲吾身与汝身之福利，为天下人谋永福也。汝其勿悲！

我用我爱你的这颗心，帮助天下人能够有情成眷属，念及国家和苍生,便不得不舍弃这份美好,独自蹈死。后面,林觉民写道:"汝幸而偶我,又何不幸而生今日中国!吾幸而得汝,又何不幸而生今日之中国!卒不忍独善其身。"你很幸运,嫁给我,但是何其不幸生在今天的中国!我很幸运,得到你,但是又何其不幸生在今天的中国!我怎么忍心独善其身!写完这封信,林觉民义无反顾地去参加没有胜算的起义。林觉民是"侠之大者,为国为民"的现实楷模!

鉴湖女侠与《药》

秋瑾自号"鉴湖女侠"。很多革命党人都起了带有武侠精神的号,以侠客自称。秋瑾不仅有女侠的精神和行动力,而且很有文采。她写过很多诗篇,那豪放的气势、感情,丝毫不输于男儿,比如最著名的《黄海舟中日人索句并见日俄战争地图》:

> 万里乘云去复来,只身东海挟春雷。
> 忍看图画移颜色,肯使江山付劫灰。
> 浊酒不销忧国泪,救时应仗出群才。
> 拼将十万头颅血,须把乾坤力挽回。

还有"漫云女子不英雄,万里乘风独向东"(《日人石井君索和即用原韵》),"危局如斯敢惜身?愿将生命作牺牲"(《赠蒋鹿珊先生言志且为他日成功之鸿爪也》)。秋瑾从日本回国后,与徐锡麟约好了共同起义。结果徐锡麟领导的"安庆起义"失败了,有人供出了秋瑾是同谋。知情人士让她赶紧逃走,可是秋瑾拒绝了。她的理由和谭嗣同一样:"革命要流血才会成功。"她遣散了众人,毅然等待被捕。1907年7月15日,秋瑾从容就义于绍兴轩亭口,时年三十二岁。孙中山为秋瑾题词:

江户矢丹忱,感君首赞同盟会;
轩亭洒碧血,愧我今招侠女魂!

周恩来给表妹王去病题词:"勿忘鉴湖女侠之遗风,望为我越东女儿争光!"

　　有学者专门研究过晚清的报刊,发现秋瑾就义这件事很有舆论转折意义。从这件事情之后,清政府已经全面丧失舆论领导权、话语权,在报纸、杂志上,清政府几乎都是反面形象,舆论一边倒,倒向秋瑾、同情秋瑾,清廷从此民心尽失。秋瑾和鲁迅是同乡,两个人都曾在日本留学。鲁迅内心深处佩服她的勇气。但是鲁迅清醒地看到,革命对中国的作用其实有限,到底作用有多大?鲁迅很多小说、杂文都表现了这个思想内容,发出这样的疑问,最著名的就是《药》。《药》的主要人物有华老栓、华小栓、革命党人夏瑜（原型就是秋瑾）、康大叔、红眼睛阿义。夏瑜因为革命，被抓进牢房。在牢房里，她试图启蒙以红眼睛阿义为代表的那些狱卒："这大清的天下是我们大家的。"结果，阿义认为她是疯子，打了她一巴掌。负责杀人的康大叔把这件事讲给众人，众人要么没反应，要么骂夏瑜是"贱骨头"，说："这小东西也真不成东西！关在牢里，还要劝牢头造反！"夏瑜骂红眼睛阿义可怜，而众人认为夏瑜是疯子。华老栓心安理得地从康大叔手里买来沾着夏瑜鲜血的人血馒头给华小栓吃，期望治愈儿子的痨病，大家心里一切如故。

秋瑾他们革命是以天下为己任，指望用自己的牺牲来换取人民的幸福，可是他们要拯救的老百姓还浑然不觉。自秋瑾始，千千万万侠义之士接踵而至，付出生命、鲜血和汗水，终于完成了启蒙，侠义精神在20世纪那些艰难的时光里复苏并发扬光大。

[第二十]

文化永流传,侠义永远在

中国的侠义文化经历了漫长的演变,形成了今天的局面和内涵。一直到今天,武侠小说还在进一步发展,侠义精神也在历史发展中不断被赋予新的内涵。关于侠义精神,以及侠义精神的传承,还有很多的问题值得探讨。

侠客的真相

从新武侠小说诞生开始,它们就和传统的武侠小说有了区分。除了前文提到的商业化,以及后文所涉及的侠情问题,其实还有侠客形象的变化。比如梁山好汉中虽然不乏鲁智深、关胜这样有大义的人物,但是其成分相对比较复杂,即便是武松这样光彩照人的英雄形象,也有滥杀无辜的经历。就《水浒传》本身而言,其所刻画的人物并非个个都是英雄,这一点作者施耐庵分得很清楚,只有宋江、卢俊义、武松、鲁智深等几位能称之为英雄,其余人等,更多时候是用另一个词——好汉。在上梁山之前,其实周通的作为与镇关西也并没有本质区别。同样地,施耐庵浓墨重彩描写的李逵也有"排头砍去"等有损英雄气质的作为。就事实而言,冰炭同炉是常态,《水浒传》所描写的江湖社会很真实,符合社会常态和社会真正维系的价值。后期所产生的洪门、帮派等,大抵是承袭了《水浒传》的组织特点,其内部成员并非也不可能个个英雄盖世,但是他们用义去维护着内部的公平,并能一定程度上震慑邪恶与黑暗。

正邪对立、江湖维持正义的观念,最初是由《三侠五义》构建引来的。在《三侠五义》中侠客尽管是清官周围的工具,但是其本身的形象趋近于完美人格。这种侠客传统,被王度庐、郑证因等人延续,金庸的武侠更是把"侠之大者,为国为民"的理念推向了巅峰。金庸在其三联版小说集的序言中说:"现代比较认真的武侠小说,更加重视正义、气节、舍己为人、锄强扶弱、民族精神、中国传统的伦理观念。"这正是新武侠小说与《水浒传》为代表的传统武侠小说有区别的地方。这种变化与20世纪的历史背景大为相关,在中国救亡、启蒙和重建秩序的大课题下,侠客需要扮演的角色不再是亦正亦邪的好汉,他们需要给人激励、给人向往,通过侠客形象建立起民族自信与文化自信。所以在民国往往有"新武侠"之称,"新武侠"之"新",乃是因为其道德观念和江湖结构都是经过作家重塑的，相形之下，《水浒传》里所描绘的江湖形态更符合中国传统的江湖样貌，也更加符合实际的江湖组织。我们固然不能用旧武侠的真实性否定新武侠的创作和想象，但也绝不能用新武侠的道德理念衡量和反对旧武侠。

说《双典批判》

回到序言。这本书缘起于2019年9月初孔教授约课，其实那天在场的除了孔教授，还有孔教授的老师程郁缀教授，程老师也是北京大学中文系教授，是个有活力、儒雅的老头，喜欢"挑逗群众斗群众"。他说有一个他最佩服的才子刘再复先生，写过一本书叫《双典批判》，双典就是《三国演义》和《水浒传》。程老先生建议我看看，然后写一本"《双典批判》之批判"，跟刘先生掐一架，那一定很有意思，当然这也就是一个调侃玩笑。后来我还真就把《双典批判》找着了，六七万字的一本小书，非常深刻、观点犀利。有几个观点很鲜明：第一就是批判这两本书不拿吃人当回事，写到吃人的地方抱着无所谓甚至欣赏的态度去写，非常不好。第二就是批判它们对于女性的蔑视和侮辱，对女性极尽侮辱之能事。第三就是有暴力倾向和暴力崇拜。这两本书五百年来对于中国社会和文化的影响非常恶劣，是很多罪恶现实的根源。我当时接受了这几个观点，觉得确如刘先生所言，这两本书有它突出的问题。但是过了一段时间，经过认真思考，又觉得不至于这么严重。

关于吃人。其实《三国演义》《水浒传》这两本书我都看了不下百遍，吃人的情节那肯定看到过，但说实话这个情节不会太多地影响读者，或者说不会影响太多的人，让大家学着去吃人、草菅人命。我在读到吃人环节的时候就是一扫而过，并没有过多地去留意，它也没有拨动我的心弦，让我产生去尝试吃人的念头，不知其他读者是不是与我有相同的感觉。我看小说和报道，欧美和日本食人恶魔好像真有，那是身体和人格有缺陷、本身不正常，这也不可能是看《三国演义》《水浒传》造成的吧？欧美很多侦探小说都有很多杀人的情节，还有非常风靡的吸血鬼小说中，有很多吸血的描写，难道这会引导读者去杀人、去吸血吗？显然并不会。

关于歧视女性。这在中国传统文化里一直存在，是男权盛行的古代社会不可避免的。不光是中国，在全世界也是大范围存在的。现在欧美有很多极端的女权主义者，其实极端的女权主义本身就是男权盛行的产物。相比而言，随着新中国成立后妇女地位的逐步提高，中国的女性地位在国际上算是比较令人满意的。谁会因为读了"双典"而变得轻视女性、胆敢招惹欺负女生呢？

关于宣扬暴力。刘再复先生在《双典批判》一书中用比较多的篇幅批判《三国演义》《水浒传》的暴力倾向，比如有一节内容叫"'造反'旗帜下的杀婴行径"，批判"双典"在宣扬和欣赏无端暴力。"双典"究竟有没有这样的价值立场，这恐怕是一个值得商榷的问题。所主张禁《水浒传》者，大抵持有与刘再复先生一样的观点。暴力是不是一概需要被否定？这个问题是需要探讨的，暴力的另一面是尚武精神。

暴力与尚武。暴力的形式与激发尚武之间很难截然分开，所以这个问题至多是利弊参半，因为现实中的武侠被取缔后，我们这个民族仅有的尚武精神其实就是靠"双典"这样的文学作品来传承了，所以尚武精神其实弥足珍贵。清末国家救亡图存的关键时期，很多思想家和革命者就指出中国的一个问题——丧失了尚武精神。丧失尚武精神最典型的表现就是自欺欺人。清末明明割地赔款，丧权辱国，但是有人却把这种丢人的行为称为"赐和"——我给你点银子土地，给你点优惠政策，你别打了，我赐给你和平。失败不可怕，可怕的是讳败为胜、愚弄百姓。明明是失败了，明明是被逼迫得签订不平等条约，却不敢承认失败，也不敢继续打，把失败说成是胜利，而且打扮成自己高高在上的样子。因为不敢打，又想交代过去，所以就假装自己胜利了，皆大欢喜。所以朝廷没有一个人需要为失败负责任，不需要追责，太后挪用军费没错，将领无能没错，因为人家根本不承认失败了，这叫作"赐和"！

尚武精神的消逝。朝廷这样，民间也是这样。《阿Q正传》里阿Q喝多了自称姓赵，结果被赵太爷扇了个大嘴巴："你怎么会姓赵！——你那里配姓赵！"阿Q被打了，乖乖站在那里，不敢提自己到底姓什么。于是他"愤愤的躺下了，后来想：'现在的世界太不成话，儿子打老子……'于是忽而想到赵太爷的威风，而现在是他的儿子了，便自己也渐渐的得意起来……"惹不起人家，就假装赵太爷是自己的儿子！于是阿Q的失败转为胜利了。阿Q的逻辑和朝廷的逻辑其实是一样的。举国上下沦丧了尚武精神，用表面的虚荣掩饰自己的懦弱无能。从上到下都在欺骗，朝廷欺骗百姓，百姓互相欺骗，所以很多志士仁人希望唤起人们内心的尚武和侠义精神，改变国家的面貌。丧失了尚武精神的民族和国家，就像被阉割过的动物一样，可能更加虚胖高大，但整体就是废物、就是阿Q。

尚武与崇尚暴力有形式上的关联，但也有内在的区别。清末尚武精神沦丧，其实并不是暴力沦丧，杀人放火的事情也是常常有的，但却不是面对真正的敌人。鲁迅在《华盖集·杂感》中有一句名言，"勇者愤怒，抽刃向更强者；怯者愤怒，却抽刃向更弱者"，于是鲁迅在文章中接着说："不可救药的民族中，一定有许多英雄，专向孩子们瞪眼。这些孱头们！"这里的"英雄"是反讽，"孩子"是泛指，对强者点头哈腰，对弱者吹胡子瞪眼，这是很多奴才的表现。阿Q被赵太爷打了之后，又被王胡和假洋鬼子打了，在他就快要忘记的时候，小尼姑出现了。打不过赵太爷、王胡和假洋鬼子，还打不过个小尼姑吗？于是他就去欺负小尼姑。"我不知道我今天为什么这样晦气，原来就因为见了你！"阿Q想。欺负完了小尼姑，仿佛就大仇得报，不屈辱了，于是阿Q听着小尼姑带哭的声音，很得意地笑了。尚武不是要抽刃向更弱者，尚武在于维护社会的公平正义，这就涉及了侠的问题。

岂可因噎废食！不可否认《水浒传》中有一些无关侠义的暴力需要警惕和批判，比如李逵对围观群众"排头砍去"、斧劈小衙内，好汉挖人心肝下酒等，但能否造成负面影响，在于读者的认知水平。《三国演义》也是如此，作者并没有赞成滥杀无辜，曹操以"宁教我负天下人，休教天下人负我"为由杀了吕伯奢一家，《三国演义》的作者很明显是持有批判态度的。我认为"双典"之所以有生命力，就是因为自明以来，侠客被彻底管住了，人们获得侠义和尚武的体验途径少了，而"双典"等文学著作传承了我们这个民族难得的尚武精神和侠义精神。

侠义流传于市井

评书里有一首流传甚广的定场诗：

说书唱戏劝人方，三条大路走中央。
善恶到头终有报，人间正道是沧桑。

中国古代能读书的人非常少，前面介绍古代小说说得那么热闹，真正对民间影响力大的还是戏曲和评书。中国人的侠义精神从哪里来？戏曲、评书起了很大作用。《三侠五义》作者一栏写着"石玉昆述"，石玉昆是一名说书艺人，《三侠五义》由他口述，后人整理成文字出版。《窦娥冤》《桃花扇》《铡美案》《失空斩》《狸猫换太子》都是在告诉人们，邪不压正，心中要有义。《三国演义》《水浒传》《隋唐演义》《封神演义》《大明英烈传》等，在说书人的口中无一不是侠义精神满满的传奇。《鹿鼎记》中的韦小宝不学无术，他的讲义气显然不是从书本里学来的，而是来自说书先生：

扬州市上茶馆中颇多说书之人，讲述《三国志》《水浒传》《大明英烈传》等英雄故事。这小孩日夜在妓院，赌场，茶馆，酒楼中钻进钻出……便蹲在茶桌旁听白书。

千百年来，戏曲创作者、说书艺人口口相传，让侠义精神能够深深扎根于人们心中，让人们相信人间正道，相信侠义。

侠义流传于商场

《史记》中有《货殖列传》是专门讲商人的。司马迁认为商人的鼻祖是陶朱公，也就是范蠡。范蠡在帮助越王勾践灭了吴国之后，泛舟江湖，不再参与政治。后来他去了齐国的陶这个地方，化名朱公，做起了生意。陶这个地方地理位置非常好，是一个"物流中心"，朱公在这里囤积货物，倒卖赚差价。《史记》中说他"十九年之中三致千金，再分散与贫交疏昆弟"，十九年有三次都赚到了千金，赚完了没有自己藏起来挥霍，而是分给了贫穷的朋友和远房亲戚。所以司马迁评价说"此所谓富好行其德者也"，自己发达了，不忘道德，要大家"共同富裕"。所以"言富者皆称陶朱公"，说起富豪，大家都推崇陶朱公。子贡也是商人。子贡是孔子的学生、七十二贤人之一，本名叫端木赐，他学问做得好，经商也非常厉害，孔子周游列国的很大一部分资金，就是子贡赞助的。从《论语》中就能看得出来，子贡是一个德才兼备的学生，也是一个仁义致富的榜样，孔子非常欣赏他。

中国古代尽管有"重农抑商"的传统，但是商人常有非常大的影响力。中国历史上三大商帮（粤商、徽商、晋商）中的晋商，是对外贸易的典范。晋商自明朝开始兴起，清朝走向顶峰。勇敢无畏的晋商从杀虎口（位于山西朔州）背井离乡"走西口"远到莫斯科。晋商最著名、最红火的生意由贸易转向金融。金融最关键的基础是信用，正是在长期贸易活动中积累起来的良好信用，让晋商在金融上获得了巨大的成功，成就了晋商的辉煌，撑起了"汇通天下"的金融网。如果你去过平遥，应该看过实景演出《又见平遥》，它讲述了一个关于侠义的故事：清朝末期，平遥古城票号东家赵易硕抵尽家产，试图从沙俄保回分号王掌柜的一条血脉。同兴公镖局二百三十二名镖师同去，七年后，赵东家本人连同二百三十二名镖师全部死在途中，而王家血脉得以延续。晋商东家与掌柜之间的情义是至侠至义！用生命换来的情义，自然坚固不摧。而正是这份勇敢执着、坚强不屈，以及山西商帮的团结互助和肝胆相照，成就了晋商"海内最富"的辉煌和"汇通天下"的美誉。

数千年中国商场的侠义，是我们今天应该深思和传承的重要精神财富。

侠义在于平常人

尽管没有了舞枪弄棒，我们在日常生活中也较少用侠义这样的话语，但其实到人间去、到生活中去，还是能发现真正的侠义，它一直在那里。2008年5月12日的汶川大地震让很多人终生难忘。我讲一个亲自记录的事情。

地震发生后，我在单位负责统计我单位伤亡人数并报国务院相关机构。过了一个月左右伤亡人数就不大变了。突然一天，我接到国务院相关机构的反馈信息，说有人报告：你们的一整支队伍在映秀镇附近全失联了，你们为什么不报？当时我们很紧张，于是赶紧去找，还真找到了这样一支队伍。这是我们单位三级机构的一支外协队伍。被国务院过问，这事就大了，省里领导亲自带着相关人员到北京说清楚，我当时负责记录。这支外协队伍来自江西,包的工程量比较大,干到中间人手不够了,承办工程的小老板就去附近的安岳县再招人。他刚离开地震就发生了,这个小老板像疯了一样往回赶,想尽办法冒着余震,硬是从紫坪铺水库逆水而上,赶到现场去瓦砾堆里救人。按照他的说法,他应该是从紫坪铺水库水路到达映秀镇的第一个人,后来才有救灾队伍不断沿着他蹚出来的这条路到达震中。我当时边记录边想,这人就是真正的侠义。

我一直想着将来去江西要去拜访他。很可惜一晃十二年过去了,其间就去了一次江西,待了不到二十四小时,所以一直没如愿。而侠义的感召力就是那么大,十二年经历了又忘记了多少人和事,这件事、这个人我还记忆犹新。其实不光是汶川大地震,这些年每当发生大事,都能看到无数侠客的身影,比如2003年的"非典"和2020年的"新冠"。每当遇到危难,总有人挺身而出,这就是侠义的精神和力量,它从未走远。

中国人的侠义精神

侠义精神之所以能够在市井中广为流传,成为中国人的精神文化符号之一,有其深刻渊源,这也是中国人精神的独特之处。

辜鸿铭先生在《中国人的精神》一书中,把中国人的精神概括为良民的信仰和道德责任感,其实也就是内心的正义和公平。中国尽管历朝历代不乏战争，但是从未形成过殖民主义、军国主义等思想，究其根源，与"人之初，性本善"的教导有关，与"仁义"的灌输有关。在历史的长河中，这样的教导和灌输成了一种文化基因，深深扎根于每一个中国人的内心之中。

春秋战国时期，被德国哲学家雅斯贝尔斯称为世界历史发展的"轴心时代"，世界各文明体系都产生了伟大的文化巨人，中国有孔子、老子、墨子等，古希腊有亚里士多德、柏拉图等。后来，古希腊的亚里士多德、柏拉图所构想的"理想国"被卢梭和赫伯特·斯宾塞等哲学家发展成为一套哲学体系和文明体系。而其与中国的儒家、道家等最基本的区别在于，西方的"理想国"并没有从理想变成芸芸众生接受并按照其生活和思考的现实。辜鸿铭先生认为，这正是儒家文明伟大之处，成功地让仁义的理念变成了一种类似于宗教的约束力量，让人们去敬畏、去遵守、去服从。

开篇提及孔子作《春秋》而乱臣贼子惧，《春秋》之所以有这样的力量，就在于其能够"微言大义"，字里行间都有正气和大义在，因此能够震慑邪恶，约束乱臣贼子。《春秋》体现了孔子的一个重要思想：在人类社会人与人之间所有的普通关系和行为中，除了对利益的追求和对惩戒的恐惧之外，还有一种更高尚、更高贵的动机影响着人们的行为，这种动机就是责任，也就是义。这种义里面有推己及人的同情心，有公平正义的是非心。正是这样的思想成了社会的一种广泛共识，一直引领我们的精神世界。

从三千年前泰伯、仲雍避开王位争夺出走奔吴，到周公不觊觎天下的无私辅政，义的观念在逐步扎根，终于到了春秋战国，侠义的精神和形象都清晰起来，诞生了侠之尊者墨子和一大批光彩照人的侠客。三千年来，侠客时而站立在历史潮头，时而隐没于江湖市井，时而穿行于文学构想，但是侠义的精神一直以不同的形式传承下来，他们可以是仗剑的游侠，可以是沙场的军人，可以是纵横的帝王，可以是浪漫的诗人，可以是开太平的宰相，可以是解危难的布衣。我们就是在侠义三千年的精神滋养下走过了漫长的历史，一直到今天。

义的力量不可估量——大义足以改变历史和世界。在中国文化里大义、悲悯、佛性具有相通性，并对社会拥有强大的影响力。对义的向往是我们中华文化的特征之一，社会越黑暗、危机越强烈，义的号召力就越强，人们对于义的向往就越迫切、对义的追随就越强，而因此更加离不开侠义：文化永流传，侠义永远在！

主要参考书目/文献

《韩非子》,[春秋战国]韩非,中华书局,2016年
《墨子》,[春秋战国]墨翟,中华书局,2016年
《论语》,[春秋战国]孔子及其弟子等,中华书局,2016年
《孟子》,[春秋战国]孟轲,中华书局,2016年
《礼记》,[汉]戴圣编,中华书局,2017年
《史记》,[汉]司马迁,中华书局,2016年
《世界中世纪文学史》,张玲霞,中国国际广播出版社,1996年
《欧洲小说的演化》,[美]杰拉德·吉列斯比,生活·读书·新知三联书店,1987年
《堂吉诃德》,[西班牙]塞万提斯,人民文学出版社,1978年
《中世纪欧洲的骑士精神与宫廷爱情》,肖明翰,《外国文学研究》2005年第3期
《影像的力量:20世纪以来好莱坞电影与美国价值观的塑造和传播》,苏兴莎,2016年
《亚瑟王之死》,[英]托马斯·马洛礼,天津人民出版社,2017年
《漫长的告别》,[美]雷蒙德·钱德勒,海南出版社,2018年
《窦娥冤:关汉卿选集》,[元]关汉卿,人民文学出版社,2018年

《汉书》，［汉］班固，中华书局，2015年

《后汉书》，［南北朝］范晔，中华书局，2015年

《三国志》，［晋］陈寿，中华书局，2015年

《北齐书》，［唐］李百药，中华书局，2015年

《旧唐书》，［五代］刘昫等，中华书局，2015年

《新唐书》，［宋］欧阳修等，中华书局，2015年

《资治通鉴》，［宋］司马光等，中华书局，2019年

《全唐诗》，中华书局，1960年

《乐府诗集》，［宋］郭茂倩编，中华书局，1979年

《宋史》，［元］脱脱等，中华书局，2015年

《宋论》，［明］王夫之，中华书局，2003年

《三国演义》，［明］罗贯中，人民文学出版社，2018年

《水浒传》，［明］施耐庵，人民文学出版社，2018年

《金圣叹批评本水浒传》，［明］施耐庵，金圣叹，岳麓书社，2015年

《金瓶梅》，［明］兰陵笑笑生，上海古籍出版社，2009年

《中国人的义气》，冯庆，中信出版社，2020年

《王阳明全集》，［明］王守仁，上海古籍出版社，2014年

《中国古代社会研究》，郭沫若，商务印书馆，2011年

《全宋词》，中华书局，1980年

《太平广记》，中华书局，1980年

《元史》，［明］解缙等，中华书局，2015年

《明史》，［清］张廷玉等，中华书局，2015年

《明季北略》，［清］计六奇，中华书局，1984年

《明季南略》，［清］计六奇，中华书局，1984年

《三侠五义》，［清］石玉昆，崇文书局，2018年

《施公案》，［清］佚名，浙江人民美术出版社，2017年

《三言二拍》，［明］冯梦龙，中国华侨出版社，2018年

《千古文人侠客梦》，陈平原，北京大学出版社，2010年
《柳宗元集》，［唐］柳宗元，中州古籍出版社，2010年
《鲁迅全集·中国小说史略》，鲁迅，人民文学出版社，2005年
《毛泽东选集》，毛泽东，人民出版社，1991年
《笑书神侠》，孔庆东，重庆出版社，2008年
《金庸者谁》，孔庆东，北京大学出版社，2019年
《金庸小说论稿》，严家炎，北京大学出版社，2007年
《水平，悟水浒中的领导力》，吴向京，中信出版社，2018年
《中国之武士道》，梁启超，中国档案出版社，2006年
《中国文学史》，游国恩等主编，人民文学出版社，2002年
《十批判书》，郭沫若，人民出版社，2012年
《梁山好汉排排看》，常明，百家号"古代小说研究"，2020年
《天龙八部》，金庸，广州出版社，2008年
《射雕英雄传》，金庸，广州出版社，2008年
《神雕侠侣》，金庸，广州出版社，2008年
《侠客行》，金庸，广州出版社，2008年
《飞狐外传》，金庸，广州出版社，2008年
《鹿鼎记》，金庸，广州出版社，2008年
《笑傲江湖》，金庸，广州出版社，2008年
《书剑恩仇录》，金庸，广州出版社，2008年
《鸳鸯刀》，金庸，广州出版社，2008年
《鹤惊昆仑》，王度庐，北岳文艺出版社，2015年
《卧虎藏龙》，王度庐，北岳文艺出版社，2015年
《铁骑银瓶》，王度庐，北岳文艺出版社，2015年
《啼笑因缘》，张恨水，人民文学出版社，2015年
《双典批判》，刘再复，生活·读书·新知三联书店，2010年
《马克思恩格斯选集》，［德］马克思，恩格斯，人民出版社，1981年

《货币战争3：金融高边疆》，宋鸿兵，中华工商联合出版社，2011年

《中国人的精神》，辜鸿铭，译林出版社，2002年

《五百年来谁著史》，韩毓海，九州出版社，2009年

《中国法制史》，张晋藩等，高等教育出版社，2007年

《君子文化与骑士精神》，张昱琨，《中国德育》2016年第15期

《领导力》，［美］皮尔斯等，中国人民大学出版社，2009年

《新教育》，第1卷第1期，1919年2月

《清华大学史料选编》，清华大学校史研究室编，清华大学出版社，1991年

《格非：我们可能处在人情世故比〈金瓶梅〉更糟的时代》，柏琳采编，《新京报书评周刊》，2014年8月

《中国历代小说论著选》，黄霖、韩同文选注，江西人民出版社，1985年

Leon Gautier, Chivalry, Ed. Jacques Levron, Trans. D.C. Dunning, London: Phinex House, 1965.

Andrew Bernstein, The Philosophical Foundations of Heroism［M/OL］, Capitalism Magazine, 2004.09.25.

Chrétien de Troyes, The Knight of the Lion, translated by Annette B. Hopkins, New York, The Macmillan Company, 1916.

《千古文人侠客梦》，陈平原，北京大学出版社，2010年

《柳宗元集》，［唐］柳宗元，中州古籍出版社，2010年

《鲁迅全集·中国小说史略》，鲁迅，人民文学出版社，2005年

《毛泽东选集》，毛泽东，人民出版社，1991年

《笑书神侠》，孔庆东，重庆出版社，2008年

《金庸者谁》，孔庆东，北京大学出版社，2019年

《金庸小说论稿》，严家炎，北京大学出版社，2007年

《水平，悟水浒中的领导力》，吴向京，中信出版社，2018年

《中国之武士道》，梁启超，中国档案出版社，2006年

《中国文学史》，游国恩等主编，人民文学出版社，2002年

《十批判书》，郭沫若，人民出版社，2012年

《梁山好汉排排看》，常明，百家号"古代小说研究"，2020年

《天龙八部》，金庸，广州出版社，2008年

《射雕英雄传》，金庸，广州出版社，2008年

《神雕侠侣》，金庸，广州出版社，2008年

《侠客行》，金庸，广州出版社，2008年

《飞狐外传》，金庸，广州出版社，2008年

《鹿鼎记》，金庸，广州出版社，2008年

《笑傲江湖》，金庸，广州出版社，2008年

《书剑恩仇录》，金庸，广州出版社，2008年

《鸳鸯刀》，金庸，广州出版社，2008年

《鹤惊昆仑》，王度庐，北岳文艺出版社，2015年

《卧虎藏龙》，王度庐，北岳文艺出版社，2015年

《铁骑银瓶》，王度庐，北岳文艺出版社，2015年

《啼笑因缘》，张恨水，人民文学出版社，2015年

《双典批判》，刘再复，生活·读书·新知三联书店，2010年

《马克思恩格斯选集》，［德］马克思，恩格斯，人民出版社，1981年

《货币战争3：金融高边疆》，宋鸿兵，中华工商联合出版社，2011年

《中国人的精神》，辜鸿铭，译林出版社，2002年

《五百年来谁著史》，韩毓海，九州出版社，2009年

《中国法制史》，张晋藩等，高等教育出版社，2007年

《君子文化与骑士精神》，张昱琨，《中国德育》2016年第15期

《领导力》，［美］皮尔斯等，中国人民大学出版社，2009年

《新教育》，第1卷第1期，1919年2月

《清华大学史料选编》，清华大学校史研究室编，清华大学出版社，1991年

《格非：我们可能处在人情世故比〈金瓶梅〉更糟的时代》，柏琳采编，《新京报书评周刊》，2014年8月

《中国历代小说论著选》，黄霖、韩同文选注，江西人民出版社，1985年

Leon Gautier, Chivalry, Ed. Jacques Levron, Trans. D.C. Dunning, London: Phinex House, 1965.

Andrew Bernstein, The Philosophical Foundations of Heroism [M/OL], Capitalism Magazine, 2004.09.25.

Chrétien de Troyes, The Knight of the Lion, translated by Annette B. Hopkins, New York, The Macmillan Company, 1916.